又仁
You Jen

我
娘

獻給我娘

（喔、還有我妹和我的阿嬤與生命中其他重要的女性。

當然也不能忘記我爸）

目次

序

　　漸漸發現喜歡在某個時期，就用一個作品來整理自己，這樣的紀錄也希望帶著分享的心情與動機。

　　二零一二年的夏天，在臺北南海藝廊做了第一齣獨角戲，整理我二十二歲以前的人生，那是將自己祕密的感情故事結合了演員身分的一種分享，在舞臺上。事隔八年，這樣的分享，就是你們現在翻閱的這本書（真沒想過，事情會這樣發展啊！）。

　　二零一五年考取表演專長的替代役，我跟各領域厲害的表演者們一起服役，整整一年在臺灣各地巡迴公益演出。那時

和一些傑出的特技演員、舞者、音樂人以及同是劇場出身的演員們，聊著退伍後的方向及規劃，也因新媒體崛起，讓我們覺得可以做點事。那一年對我的衝擊很大，除了與各方高手一起練功、排練、演出，已經不只是幕前舞臺上演出的切磋，更是幕後工作的各種磨合與激發，訓練出不同的思維和心智，跳脫過往的圈子，發現世界真的好大好大。

這也是為何退伍後回到劇場，我已經一邊悄悄在準備跨足網路短片的創作。跨到新的領域會恐懼嗎？當然會，但人生就是這樣啊。當年若沒有衝動跑去劇團徵選、沒有從觀光系休學走上戲劇這條路，也不會經歷各種打工，或是經歷一邊在辦公室兼職一邊排練演出的日子。二零一六年五月，模仿唐綺陽老師的影片讓我經歷了所謂爆紅的當下，這也成了後來能在網路持續創作，以及跨足到影視圈的開端。當時曾經歷一小段混沌時光，才漸漸拉回想以演員視角在網路創作的初衷，並鎖定女性角色的扮演作為說故事的核心。作品生成背後，就是身邊從小到大，生命中重要的女性們給我的養分，尤其是我媽，並且影響著我的長成。

沒錯，就是長成。

二零一七年秉著這樣的概念，創造了「秀娥媽媽」。敲打

出那些劇本臺詞時，突然覺得可以成為一個短片系列。那時依然忙著電視節目的主持工作，生活不太穩定，在「秀娥系列」第二集發表後，連日爆增的瀏覽率，讓這個角色被更多人認識，也是我沒預期過的迴響。

感謝出版本書的夏民，在還沒有頭緒時，他很自然地讓我說出這些劇本背後的故事。將人生故事再度挖出並不難，但集結成文字時，內心的忐忑與壓力讓我時常在腦中吶喊：「用演的真的比較快啊啊啊！」進入寫書的過程後，幾度失眠外加內分泌失調，白頭髮甚至猖狂竄出。

完稿時，坐在陽臺看著夜晚天空，滿想大哭的，突然覺得寫這本書跟演戲相似，也是將一部分的自己梳理之後攤開來。感謝和我同住的愛人，必須被迫看著我在寫書期間各種奇怪行徑，例如時不時自言自語或亂抓頭髮，外加打亂他的作息。他正是秀娥系列的導演和攝影師，更是重要的創意發想協力，如果沒有他，無法拍成這系列短片，辛苦你了，愛你。

書中不僅收錄精選的秀娥系列劇本，重要的是那些人生中私密的成長故事，如同當初創作這系列的初衷，正是想傳達一些生命經歷的共鳴。我將重點放在我與媽媽身上，也是與

秀娥這個媽媽角色的連結，並從故事中，延伸到那些影響過我的重要女性們。這些藏在短片靈感背後，從未公開過的故事也間接道出，我是如何長成的。

超級感謝曾經因為我的創作而獲得溫暖、獲得歡笑的粉絲、觀眾們，以及許多陌生的朋友們，總在看完作品後願意分享自己真實的生命故事給我，那是一分好大好大的信任，我也不斷從中獲得許多能量，甚至在未來的戲劇演出中，多了更多寶藏得以運用在情感詮釋上。一直覺得演員的腦海中都有好多個抽屜，存放著各種情緒記憶，演戲的時候，我們需要哪一個抽屜就可以打開來，應用在角色身上。

希望這本書，也能扮演著這樣的角色。無論是否看過我的演出或短片創作，都希望這些故事能與你們的生命產生共鳴，也會覺得「對，我有個誰誰誰也是這樣」、「原來我們都經歷過這一段啊」之類的，我一定會因為這些無形的互動，而覺得內分泌失調和提前長出白頭髮很值得。又或者，真的像一本能收藏進你們內心抽屜中的書，需要靈感或療癒時，可以拿出來看一看，希望能從中獲得我獨特的，娘一般的溫暖。

學著當媽媽

　　長大後發現，媽媽對我們從小到大的教育，有著各種矛盾，現在想起，對於她的這些矛盾，充滿心疼。

　　像是她對我們在課業上的要求，許多成分或許來自於鄰居與親戚之間的比較，叛逆的中學時期我會特別點出「比較心態」回嘴，當然、一位天秤座媽媽在氣頭上聽到「頂嘴」只會更加爆炸，下一步就是上演將我的參考書或練習測驗卷丟入垃圾桶的戲碼，等氣消了會撿回來告訴我說媽媽都是為我好。我想許多爸媽也是如此，將期望放在小孩的課業上，

另一方面就是壓力。但她打從心底，真的這麼在乎課業上的「分數」嗎？或者也是周遭各方耳語帶來的壓力？後來我和老妹都走上戲劇路，媽媽和老爸北上來看我每一場演出，似乎代表她終於放下了那些標準與限制。可能是大學後我們都離家，她管不著了，或許覺得小孩沒學壞就好，也可能回想過去對我們的要求，像是她在守住某種自己設下的底線；又或者是如今，我們都更認識彼此了。

另一種矛盾，是在我幼稚園大班時發現的。

幼稚園時她總是每天早上騎著機車載我到學校後，再開張家中客廳的家庭髮廊。但那一天我清晰記得，雨下得很大，機車被老爸騎去警局上班，她盡快將我套上一件輕便雨衣，牽著我和老妹到隔壁，將老妹暫時託給張太太後借了機車。張太太是媽媽的常客，來做頭髮時會跟著爸媽一樣叫我的小名「涂寶」，記得我小時很愛模仿她高亢親切的語調說話，我媽就會笑到東倒西歪。

跳上機車後座，媽要我緊抱她，迅速將身穿的大件桃紅色雨衣一大塊包覆住我的頭，不讓迎風射過來的支支雨點往我臉上來。那段路我被整片桃紅包圍，伴著媽熟悉的香水味。桃紅之外的世界蒙著一層悶悶的不斷掃過的唰唰雨聲，聲響

越來越密集、節拍越來越快，交雜各種人車聲嗡嗡地出現又瞬間閃逝，當時媽媽肯定被時間逼得焦躁。

在心理時間預測快到學校時，突然一個強力停頓，擺動，將我用力往後甩動又大力彈回，碰一聲撞上老媽的背部。聽見一聲尖銳的女人喊叫後，整片桃紅世界往左下方傾斜，我頭上安全帽先碰到一面牆，力道不算太大，到左腳小腿肚內側有擠壓的力道襲來，帶點灼熱讓我下意識立刻抽出。我才發現那是柏油路，不是牆，我是躺著的，剛剛是她的喊叫聲，機車是不是倒了？我才迅速鑽出那片桃紅，媽媽側躺在我眼前，安全帽依然在頭上，旁邊的雨聲和人車聲變得尖銳清晰。我緩緩抬起頭才看見，四周許多人圍上，前方停著一輛藍色小貨車，視線掃回倒下的機車，後照鏡都碎裂了，啊，車禍，是我們自己出車禍了，媽媽！愣了一小段時間，才開始搖晃我媽，只覺得剛剛的一切都是慢動作。剛好左方對面有間醫院，對，我已經快到幼稚園了，那是學校附近的醫院欸，我當時這樣想。很快地，有幾位穿著白衣的人衝向我們，還有人推著一張有滾輪的床，又有人將我扶起，一切才從慢速轉回正常。

後來我就坐在病房中了。記得護士一邊幫我擦藥一邊說好

在只有小腿擦傷，沒多久，媽醒來了。周圍除了醫護人員，爸也趕來了，似乎還有一位中年男子大概是小貨車司機，我的大班導師和園長也來了。我怎麼在醫院？媽醒來後開始問問題，爸爸簡單回覆也要她不要擔心。塗寶呢？我立刻湊上前讓媽媽看見我。妹妹呢？爸爸回說妹妹在張太太家，要她放心。但那時我已經知道怪了，果然沒五分鐘，媽媽開始重複這些問題，又問到我時，我立刻抓著她的手告訴她：我在這裡。心裡開始慌，園長先將我帶往學校。

想必已過中午，周圍沒有時鐘，園長先帶我到學校的廚房，她陪我坐在廚房某個角落吃飯，廚房阿姨們已經開始收拾各班的大型餐具。那天吃的是我最愛的炒飯，一如往常吃了兩盤以上，園長笑我很會吃，這樣很好。而我一邊扒著飯一邊沒忘媽媽的狀況而開始問園長，她只要我別擔心，說媽媽沒事。左小腿上的擦傷提醒著，刺刺的。

過兩天後媽媽回來了，那幾天爸爸都沒去上班，在家陪她，跟著媽在家裡外走來走去，媽媽一樣重複各種問題，大多是生活上的瑣事或是我和妹妹在哪裡之類的。我下課回到家只敢偷偷在一旁看著，寫功課也看，洗完澡也會在房間偷聽，一心很怕媽媽會不會哪天忘記我們。

某天晚上，媽媽一個人走到陽臺紗門前，小心翼翼地左顧右盼像在找什麼，像是對眼前的一切充滿陌生，爸爸沒一會出現問她要不要出去陽臺吹吹風，媽突然探了一下陽臺方向說，很暗。媽媽怕暗嗎？我當時跳出這想法，偷偷在房間望著爸媽的一舉一動，爸爸立刻安慰說，放心、陽臺有小燈。

原來媽媽也怕黑。

比較大了之後，才知道當時媽媽因為在小貨車後方的那一下撞擊，導致腦部有些微的出血並結塊，因而產生選擇性忘記事情、問了又忘的症狀，大概經過兩週的治療後就復原了。

原來媽媽怕黑，這是那時很大的衝擊。因為媽常在晚上要我們到陽臺幫忙洗衣或晾衣，我總會喊著好暗好暗，她總是回說怕什麼，又沒有東西會把你吃掉，然後我就回答誰叫妳都騙人說有虎姑婆。更大了之後，媽也跟我承認她怕黑、怕蛇、怕走在小巷子裡。

直到有天我明白了，所有的口是心非與矛盾，是為了孩子端出的逞強，或說是她慢慢長出的勇敢，更是她在我們成長的路上從未停止學著，如何當媽媽。

SCENE
02

「喂，巧麗，您好。」

　　我家的客廳總是充滿洗髮精香味，還有熟悉又令人聽了就想睡的吹風機聲響。關於「白噪音」（white noise）有種說法是人耳能夠偵測到的各樣頻率，而且每個頻率能量都平均的聲音，像是電風扇啊、吹風機啊……這些聲音據說很像我們還在子宮裡時聽到血液的流動聲，因此有學者研究出播放白噪音，能幫助八成的嬰兒們入睡。但對幼時的我，管他什麼白噪音或粉紅噪音，就是一個安心的屬於家的聲音。

　　除了吹風機的聲音，還有一些聲音也成為了日常。

「喂，巧麗，您好。」我通常希望控制電話響三聲內，必須迅速接起，因為媽常常忙著幫客人洗頭或沖頭，這是一位稱職的接線員該有的工作態度（不知道為何說出這段話時，就該挺起胸膛望向遠方）。

「涂寶，我要找你媽媽。」有些客人若不熟也不太想跟他們多聊，而可能曾對我媽不客氣或時常囉嗦，已被我列為黑名單的，當他們叫我暱稱時，心裡一股礙虐[1]衝上來，還是會用力壓平即將皺起的雙眉，給予禮貌的微笑。

「啊！是張太太，阿姆[2]？」

「喔！你怎麼那麼厲害，我要找你媽媽洗頭啦。」核對媽備好的日曆本，掛上電話後立刻在約好的日期旁寫上預約人和時間。

可能幼稚園到剛上小學那年紀時期的學習力特別強，那時期我總和妹一塊睡，睡前輪播爸媽買的迪士尼故事卡帶，熟到能跟著《風中奇緣》的寶嘉康蒂和柳樹婆婆同步說出臺詞，或是學著「美樂蒂美語」教材中的美樂蒂，以些許誇張的抑揚頓挫，咬出每種情境的單字及片語。

我是個對聲音特別敏感的小孩，在聲音識別能力上特別有天分，除了能立馬認出電話中預約的客人，我也愛模仿鄰居

---

[1] 礙虐：臺語，念作 gāi-gioh，又念作 ngāi-gioh。意指彆扭、不順，令人覺得不舒服。
[2] 阿姆：臺語，念作 a-ḿ。意指伯母，伯父的妻子；或是尊稱母輩中年紀較大的女子。

或客人們的聲音和神情給我媽看，她就會被我逗得不停拍打我，邊笑邊要我學小聲點。

我曾問過為什麼髮廊取叫「巧麗」，媽竟然回我，原先請朋友設計「巧藝家庭髮廊」的「扛棒」[3]，做好時發現，上頭幾個大字正寫著「巧麗家庭髮廊」，媽說當下覺得啊好啦，朋友都已經算便宜了，看起來也不差，就成了髮廊名稱。最好笑的是，我還拿出手機搜尋免費公司名稱算命，發現「巧麗」的運比起「巧藝」好太多了，網站上還用紅字標榜著「大吉＋財」。「欸媽，妳賺到耶。」「啊我怎麼沒有賺大錢？」我立刻指著網站上的補充給她看，「欸，人家上面有補充說『錦繡前程，須靠自力，多用智謀，能奏大功』，叫妳操之在己啦！」

媽媽的家庭髮廊就像是舞臺，每天有好幾個場次的演出，我身為觀眾也經常參與演出。除了擔任稱職的接線員，每每時間一到，看著赴約的客人進門也會帶著某種成就感，甚至一點興奮感，像是演員準時登場就位了。沖水間的門上掛著一面珠簾，客人準備進去沖水時，看著媽協助掀開珠簾讓客人通過，都像是換場時間。有些客人趁沖水時才說一些八卦，開頭總是「巧麗，我共你講……」，聲音刻意壓得低沉（對

---

[3] 「扛棒」：かんばん，日語羅馬拼音為 kampan，日語漢字「看板」，意指「招牌」。

了，巧麗不是媽的名字，但大家習慣用髮廊名稱作為我媽媽的暱稱）。當然，有興趣的祕密我也不會錯過，一個箭步湊到珠簾旁，張大耳偷聽。有趣的是，當她們沖完頭髮再度從珠簾後登場回客廳時，有些人太專心繼續說著未完的祕密，還會稍微卡到或吃到幾條珠簾，喜劇式登場。有些人則是切換自如，前一秒還在輕聲道八卦，一通過珠簾立刻回到平時的愉悅語調，自以為幽默地望著我問說：「涂寶！你都沒有聽到吼？」而我已練就能演出一派輕鬆繼續做事，邊回「什麼？」裝作什麼都沒發生，順便張著眼望向她們，加強表演的可信度。

我在客廳畫圖、寫字、或是寫功課時，就更像觀眾般，端詳張太太今天穿了什麼鮮豔的衣服，聽著最近她家女兒在學校又發生什麼事，順便吸收一下她生動的動作表情。或是嗓門超大的陳媽媽拿了什麼伴手禮給媽，說說她小孩又去哪個國家玩，或是隔壁誰又換了新車。還是巷尾的潘太太總是挑週末來，兒子和媳婦都是中學老師，最近可能要調去哪個學校，結果她兒子後來還真成了我國中的化學老師。

當演出結束……啊不對，是當她們做完頭髮，就會湊過來觀賞我寫書法，或是看我在畫些什麼，這時我又成了演員。

那時挺習慣被這樣觀看的，甚至帶點享受被注目的感覺，表演欲就是這樣訓練的吧，想了想，欸這根本行動藝術啊！我在做事還被觀眾們觀賞，還要同步回答他們的各種問題，像是「喔，你書法寫很好耶，學很久了吼？」「怎麼在玩芭比娃娃？」「啊你這次月考考怎麼樣？」如果真招架不住，迅速眨個眼示意給媽，她會從容整理著剛用過的圍裙和毛巾，一邊丟問題給觀眾……不對，給那位客人，順便拯救我。

我一直覺得當初到臺北定居，甚至不顧爸媽想法，投身表演，心中確實有一塊是想彌補某些過去的時光。國小高年級後，有天被爸逼著搬到三樓的房間，其實學著獨立很好，開始懂得與自己相處，但也在進了被動選擇的國中後，開啟了各種青春期的身心變化，以及面對更大的升學課業與同儕比較的壓力，讓我當時的某些心理部分關閉了。像切斷了與家人溝通的許多機會，或許那時，爸媽也正面臨第一個孩子處於青春期的衝擊，學著該如何與我相處，或許他們也忽略當時我的許多想法和感受？

中學時，那個客廳，媽媽的髮廊，成了我不想久待的地方，只要在那裡就可能跟爸媽起衝突。不再是那個讓我興奮擔任接線員、興奮客人是否赴約前來，讓我從中獲取能量的

地方;也不再讓我期待客人如何從珠簾換場、期待能偷聽生活八卦,讓自己也能成為被關注、關心的對象。吃完晚餐就想衝上樓洗澡,將自己鎖在三樓房內。內心某處對爸媽的封閉,一直延續到高中學測前。有次和爸一起到附近的腳踏車行修車,老闆像往常一樣親切地調整我的腳踏車鍊子,邊問我之後想考哪邊的大學,「離開這裡就好啊。」記得當時只是這樣淡淡地回。老闆不想讓我和爸尷尬,笑笑地扯開了話題。爸當時肯定有些受傷吧,那時候的我怎麼能懂?

經歷過幾年的修復與理解,近年我反而常想著離開臺北,也曾在回雲林時跟爸媽邊散步邊聊著,想回來運用所學。

回頭看,還是很謝謝自己過去的種種決定,人生沒什麼好後悔的。無論周遭的各種聲音、從不想遵照「正確的」人生道路前進,對於看好戲的人,我也從不多做解釋,只知道做就對了。謝謝爸媽在我長大之後,不曾當過七嘴八舌或絆住我的角色,尤其很長一段時間,媽總扮演我跟爸之間的溝通協調者,甚至負責對付各種質疑和流言,就像小時候在髮廊那樣,我迅速眨了一下眼,媽就懂了。

「喂,巧麗,您好。」

「喂,涂寶。」他應該覺得這聲音很熟悉,卻又不確定是

誰。「我是二十幾年後的涂寶。」

　　我曾幻想過這樣的劇情——撥電話給自己。我不確定會對當時的自己說什麼，也可能馬上就聽到「你騙人！」然後嘟嘟嘟被結束了通話。若是真可以說些話，我想說的是：「嗨，涂寶，媽媽總是說，她不能教你什麼大道理和學問，但其實她教你的就是最獨特的『愛』了，藏在髮廊中、藏在那面珠簾後，也藏在各個生活場景中。」

　　我想，我還是會將這樣的愛，繼續用各種不同的方式，傳給更多更多人。

老家的廚房一隅

老家的客廳

外婆的洋裝

　　幼稚園大班到國小低年級，寒暑假常給外婆帶，媽的髮廊從早忙到晚，爸爸也在保安隊，警察上班時間不固定，有突發案件就得待命出勤，加上妹妹還小，時常在媽幫客人洗頭時上演無尾熊緊抱，扣住媽的雙腿不放，搭配放聲哭鬧，巷口做飲料批發的張太太都能聽見，跑來幫忙哄騙安慰的程度。種種原因讓我常住在外婆家，一方面隔壁鞋店的兒子才大我一歲，有個玩伴，也能幫忙外婆金香行的生意。

　　外婆的金香行在古坑，「劍湖山世界」[1]的山腳下。一早

---

[1] 位於雲林古坑知名的遊樂園。

開店前，外婆常一起床就騎車到劍湖山周圍爬山散步。我也跟過幾次，凌晨四點多坐上她的摩托車，天色未亮，迎著風上山，哼唱著熟悉的臺語歌，可能是南臺灣小姑娘[2]或方順吉[3]的新歌，電視上時不時就能看到他們的演出。沿途路旁都是矮房或頂多三層樓的獨棟透天厝，幾乎都是樹木。因為一路幾乎都是上坡，我會緊緊抱著外婆的腰，害怕一放手就掉下去。那時注意到外婆身上也有一股天然香味，和媽身上的味道完全不同，有時還會聞到一點明星花露水味，外婆說過，被蚊蟲咬或想睡覺時，抹點在太陽穴都好用，她的梳妝臺上總是站著一罐。

外婆和外公分房睡，外公的房間靠著外面馬路，他喜歡我陪他睡，但我更喜歡跟外婆，因為外公的打呼聲根本是陣陣雷聲，超、驚、人。每次我都試著搶先他睡著，通常事與願違，只要他睡著開始當雷公，幾次我乾脆偷偷跑回隔壁鑽回外婆床上睡。

唯一在外公房間讓我喜歡的時刻，就是早上能夠清楚聽到樓下菜市場的熱鬧，有一戶養雞，常被雞啼喚醒，讓我期待起床後先到菜市場看雞看鴨，跟阿伯阿姨們聊天。幫外婆買蛋也是我熱愛的行程，買蛋之餘老闆娘阿姨總會讓我玩著電

[2] 一九九六年出道，臺灣的女子演唱團體，成員來自南臺灣的臺南、高雄、屏東等地，因此得名。成名曲為〈愛作夢的查某囡仔〉、〈愛情切啦〉等。
[3] 一九九四年出道，臺灣男歌手、男演員、主持人，成名曲為〈魁腳髯嘴鬚〉。

子秤臺，甚至幫客人秤菜。外婆和媽總說小時的我很乖也很有人緣，到哪都能跟人聊上幾句。

後來想想，那時就開始發現，自己對「人」的各種好奇心。

幫外婆顧店的時候，我喜歡看客人的穿著，偷偷模仿他們說話的聲音，所以我認人很快，聽到腳步聲的輕重節奏，或是拖鞋材質敲地的聲響，大概就能猜到是哪個客人又來光顧了；外婆若在二樓整理金紙，我能精確呼喊著「阿嬤，文具店阿姨欲買香！」「阿嬤，阿珠阿姨欲買銀紙，妳囥佇佗位？」[4] 那時神氣地覺得，這是我的超能力。喔對了，給神明的叫「金紙」，燒給祖先或鬼魂的是「銀紙」，我一直記得外婆教會自己的小知識，熟記各種標價，還得知道今天是拜土地公、天公還是地基主，整袋金紙就有不同的搭配和擺放方式，拜拜的大日子裡，客人絡繹不絕，外婆性子急，忙起來口氣就會不耐煩。這點真的影響到媽，連媽都會開玩笑對外婆說：「我個性這麼急，都是遺傳到妳。」母女倆還大笑著，帶點自豪那樣的可愛。

某天外婆忙著東奔西跑，店內還有四五組客人在等。一旁幫忙擺貨又有些不知所措的我，背後突然轟來尖銳急促的聲音：「你先去邊仔，莫佇遮鎮位！」[5] 標靶就是我，客人還

---

[4] 「阿嬤，文具店阿姨欲買香！」、「阿嬤，阿珠阿姨欲買銀紙，妳囥佇佗位？」，臺語，依序指：「奶奶，文具店阿姨要買香！」、「奶奶，阿珠阿姨要買銀紙，妳放在哪裡？」
[5] 臺語，意指：「你先去旁邊，不要在這裡擋路」。

火上加油：「予恁阿嬤罵，你慘矣。」[6]轉頭見她從我旁邊抽走兩包香，繼續招呼另一組客人。一股委屈衝上心頭，含淚衝回房間，「你欲去佗？」[7]外婆喊著，我沒回應。進房立刻拿起室內電話，邊啜泣邊按斗六家的號碼。一聽到媽的聲音，止不住顫抖的聲音和傾瀉的眼淚打小報告：「媽咪，我要回家啊啊啊，我很認真在幫忙，但、但是阿嬤……阿嬤說，她說我很『鎮位』啦，啊啊啊啊。」那時想家了，外婆的責備只是最後一根稻草，另一方面，回想起當時的畫面，還帶點自己是悲劇主角的些微喜劇成分。

我很愛觀察路邊小孩的各種大哭，無論是超市、捷運站外或是小吃店裡，他們的眼神和動作會透露各種潛臺詞與情緒轉折，一邊觀察大人的舉動決定接下來要哭大聲一點呢，還是試著轉成撒嬌比較有利。如果撒嬌沒用，乾脆放手一搏不管周遭，運用身體動作或躺或甩，或叫或跳，油門催到底。當時窩在房內電話旁的我，一定有某些成分加重了受委屈的情緒，這也是一種表演啊。

打完電話心裡比較踏實後（說「踏實」真是貼切又好笑），盯著房間那臺合歡窗型冷氣想著，「還是開電風扇好了，不然聽不到樓下的聲音。」夏天剛哭完滿身大汗的我，拿了衛

---

[6] 臺語，意指：「被你阿嬤罵，你慘了。」
[7] 臺語，意指：「你要去哪？」

生紙擦汗，靜靜坐在外婆房間床尾，耳朵不時探聽樓下外婆的動靜，心裡想著，「好，她還是很忙。」輕輕扣上房門，小心翼翼按上喇叭鎖，打開她的衣櫃。

　　早期衣櫃常鑲做在牆上，從天花板延伸落地，外婆的衣櫃是整面牆分成三區塊，每一區都是兩片門對開。最裡面那區也放了些外公的衣物，中間那區有各種花色和款式的上衣、外罩薄衫和墊肩套裝，最外面區塊，我最喜歡的，是各類連身洋裝和絲巾配件們。

　　那天是我第一次偷開外婆的衣櫃，一方面被琳瑯滿目的連身洋裝震懾，一方面是如果外婆上樓時還能及時恢復現場關上衣櫃門，快速幫她開門假裝一切都沒發生，一舉兩得。

　　當時內心驚呼「不愧是媽媽的媽媽」，愛美的程度不相上下，服裝整齊地滿滿陳列在衣櫃中。當下迫不及待地伸手，小心輕摸其中一件粉紅洋裝，是那種縫有厚墊肩，胸口兩片布料交疊有大鈕扣的款式，當時日本女星會穿的那種。我著了魔似地將洋裝從衣架取下，睜大眼豎起耳朵抿著嘴，謹慎地微蹲，將洋裝撐開成一個圓放在眼前，輕輕將雙腳踩進洋裝裡，再輕輕往上拉至肩膀兩側，模仿外婆平常那樣順勢將雙手套進兩邊衣袖中，好，完成，後面拉鍊先不管了，裙子

太長只能拖地，沒關係，拖在後頭也滿像新娘子的啦。咚咚咚迅速小聲地跑到化妝桌大面鏡前，啊，太矮，就踩到化妝椅上，終於，看到自己穿起來的模樣。到現在我都能記得當時發愣似地張口，欣賞鏡中的小小身軀穿著那套洋裝，還有皮膚接觸到布料的細膩滑順觸感，驚嘆著：好美啊。

「又仁矣[8]！」正當我欣喜地準備將胸前幾顆漂亮大鈕扣扣上，外婆的聲音立刻傳進耳裡，慘了。「又仁矣，你走去佗？」聲音已經來到樓梯間，她上樓了。我驚慌地跳下椅子，脫下洋裝，撈起掉在地上的衣架，掛回衣櫃，雙臂上下來回在洋裝兩側撫過，試圖平整塞回原來的狀態，關上衣櫃門後，我氣喘吁吁又抽了兩張衛生紙擦汗。叩叩，外婆到了，「你咧創啥[9]？」我轉開喇叭鎖，嘟著嘴坐回床邊，剛擦完汗的衛生紙順勢緊捏在手中讓她看見，好，裝作還在賭氣。我感覺到驚魂未定的呼吸氣息帶動著身體起伏。外婆笑了笑，安慰我後要我下樓。鬆了一口氣，阿嬤沒有發現異狀。

那天晚上媽真的跑來了，她們笑說我打了電話，因為外婆的話覺得委屈，才知道外婆忙碌之下根本忘了曾經對我說了這些，還跟我道歉。那時我不敢正視她們，覺得好丟臉啊，好氣也好笑，內心其實更心心念念那套粉紅洋裝，甚至盤算

—
[8] 外婆叫我名字時會加上習慣的臺語尾音，念起來像是「又仁啊」
[9] 臺語，意指：「你在做什麼？」

二七

著，下次試穿另外一件好了。盯著電視裡南臺灣小姑娘的音樂錄影帶，暗自在內心開懷著，哼唱著。

外婆的金香行一隅

姨婆雜貨店的芭比

　　國小低年級時，教室外有座七彩配色的旋轉樓梯，通往二樓自然教室，也是下課時間最愛和同學奔跑追逐玩耍的大型舞臺，重點來了，還要一邊扮演月光仙子。

　　那時美少女戰士是同學們課餘的話題，瘋狂程度僅次於金剛戰士。當然，變身過程最華麗，擁有現在看起來超復古的心型中空瀏海，以及頭頂兩顆包子延伸出來神長的兩條金黃，能靈活甩動髮型的月光仙子，當然是我和女同學們搶著

扮演的對象。穿梭在旋轉樓梯之間，總得有人負責扮演劇情中的惡勢力，各角色的選擇也得猜拳決定，因此心中會有一份仙子喜好排名，有人在乎性格、有人在乎服裝配色、也有人在乎各個仙子與自己的相似程度。突然覺得動畫、卡通，這些童年的回憶，也在默默養成大家的審美方式，還有自我認同。

　　幸運的是，我媽從來不會阻擋我的喜好，像喜歡畫畫那樣，媽也是從幼稚園就讓我去畫室學素描、水彩，帶著我到處比賽。

　　我常在客廳角落那張書桌，拿著彩色筆和蠟筆在畫紙上，仔細刻畫月光仙子的模樣，畫好之後拿給一旁正在幫客人洗髮的媽媽端詳，當然也已經安排好鄰居客人們邊觀賞邊誇讚的戲碼。即使我爸會適度透過各種細微方式表達，要我適可而止，但我從不想否定或放棄那些讓我熱衷與快樂的事物，每一張畫紙都用兩顆小圖釘好好地展示在牆上，每天像是布置學校公布欄那樣起勁，那裡是我的小天地。

　　對我來說，芭比娃娃也是。

　　外婆有三個妹妹，我稱呼她們為姨婆。最常去最小的姨婆家，也常受她照顧，最大的姨婆跟外婆一樣經營金香行，而

―
[1] 篏仔店：臺語，意指「雜貨店」。

排行第二的姨婆，則是讓我從小覺得她很酷，經營一家雜貨店，我常用臺語稱它為「姨婆的簽仔店[1]（kám-á-tiàm）」，店前還設有個小玻璃間在賣檳榔。

我喜歡看她包檳榔的手勢，迅速又不失優雅。她每天都綁著俐落馬尾，一件深色 T 恤加緊身長褲就準備上工，比起外婆和另外兩位姨婆，打扮和個性都更大喇喇一些，印象中沒看過她穿裙裝，唇上兩道粉紅也畫得乾脆，感覺只是應對客人能顯得較為禮貌而畫的。

每次媽有事而來，我一定要當跟屁蟲，因為姨婆的簽仔店有著各式各樣的東西，除了食物、玩具，還有懸掛在簽仔店牆上方的——芭比小姐們。

雖然不是專賣店那種精緻、價格偏高的芭比，依然讓我愛不釋手，她們的頭可能會大一點，雙腿可能還有些製作上的瑕疵，但這樣的比例與外型不是更親民嗎？

每當我相中一位芭比，就會撒嬌地問媽可否買給我，一次兩次後媽當然會阻擋。身為一個長輩疼惜的小男孩，姨婆聽到我的請求當然二話不說拿著竹竿，迅速又優雅地將那位芭比小姐從高處取下來送我，我發自內心地拍手謝謝姨婆，媽媽也在一旁上演「不行啦，每次都這樣，唉唷，啊，啊好啦，

下次不行喔，趕快跟姨婆說謝謝」的完整戲碼。趁媽繼續跟姨婆聊家中大小事的時光，我便抓好芭比小姐邊逛起籤仔店找尋靈感。

什麼靈感？當然是芭比的穿搭靈感啊。

印象最深刻的一回，特地在麵條區躊躇許久，只為了選到最黃的一款麵條，讓我可以將芭比打扮成月光仙子。對，麵條就是她未來髮型的重要元素。接著，這位男孩邊逛會邊在腦中構想，響起一連串的話：回家後用媽媽工作臺車最下層的那盒橡皮圈來固定麵條，裡面應該有黃色的橡皮圈，因為芭比的頭髮不是金黃色的。接著，探頭瞄準籤仔店最底部的文具區，挑出合適顏色的色紙，回去稍微剪裁，用雙面膠和透明膠帶就可以完成整套服裝；胸口的蝴蝶結為了增加立體感，要把泡棉膠剪得小小的，用來黏貼在芭比的胸口。啊！泡棉膠上次做母親節卡片好像用完，還好姨婆這裡也有，這樣會不會被媽媽罵？不行，我要跟她說泡棉膠爸爸也會用到，就這麼辦。

如果說客廳角落那張書桌和展示牆是我的小天地，姨婆的籤仔店就是我的靈感大天地吧。

來臺北十餘年，很久沒見到姨婆，當然那幾位芭比小姐們

後來的命運也記不得了。就像重複觀賞《玩具總動員》每一集，還是會邊流淚邊想著，嘿，對不起啦，我後來有好好對待妳們嗎？但姨婆的籤仔店和芭比們，在我小時成長的過程中，依然是夢一般，極為美好的存在。

遊戲王

　　國小時期流行過許多動畫卡通，播出後總是掀起現實生活中的各種浪潮。自從我爸在我五歲左右買了需要組裝的機器人給我，看我毫無興趣地組裝到一半就丟在一旁，日後卻興高采烈地幫芭比打扮，他內心可能有股期待已亡。後來《爆走兄弟》上檔，看著小智小烈兩兄弟熱血參戰，四驅車在軌道上奔馳，展現各種炫麗招式；像是擁有生命的四驅車與主人之間的情感連結，在比賽遇上各種困難，仍然越戰越勇。每天晚餐時間，我死守著電視機，被劇情牽動。

當時看著我如此陶醉的爸爸，再度燃起了希望，一種「我兒子還是跟其他男孩一樣」的喜悅。

後來我如願獲得四驅車，雖然當下還是經歷了發愣望著那些零件，冒出「痾，要組裝喔？」的心情，有陣子還是會開心地帶去學校，下課或放學時間和同學們在走廊上競賽、奔跑著。好景不常，維持不到一個月，我又沒興趣了，反而妹妹在這些事物上的興趣都還維持得比我久一些。爸媽總會說，我們兩個是不是應該交換一下靈魂；妹妹從小好動，什麼球類運動學得快也衝勁十足，我則喜歡美術和家政。雖是一句玩笑話，但那時的我常有疑問，說是該交換靈魂，對我和妹妹都不公平吧。

後來《遊戲王》的卡通也播出了，日本的動漫卡通掀起好大的風潮，成了學生們的集體共鳴。沒多久，家裡有了幾本《遊戲王》的漫畫。我一直很有印象，某天下課後看到爸穿著警察制服回來吃晚餐，手上還拿著漫畫。當下沒有多問，直到他吃完飯趕回警局，換成媽拿著《遊戲王》漫畫，在我寫功課時遞給了我，她特地補充是爸買給我的。

雖然比較想要遊戲卡牌啦，當下還是很開心，只是心中不禁閃過疑問：照理說，爸媽不可能主動買漫畫給我們啊。腦

中會閃過這樣的疑問，跟爸媽的教育方式有關。爸媽不讓我們看八點檔或連續劇，放學回家邊吃晚餐才邊看卡通，只要卡通一結束進入片尾曲前奏，內心立刻一沉，知道快七點了，歡樂的時光就是這麼短暫，等等就得洗澡準備念書。

厲害的是，他們平日八點看完新聞也會以身作則地上樓洗澡，回到房間跟著我們閱讀書籍，讓我們兄妹心服口服，也養成看課外讀物的習慣，但也沒有因此特別愛念書就是了。

直到有一天，我聽到爸媽的對話。

老家客廳靠樓梯的那面牆上有扇小窗戶，有次聽到他們討論著我，我便輕聲蹲在後面偷聽。爸問了媽有沒有把漫畫給我，他的確還是擔心我跟其他男生不一樣的興趣與行為，直到那天偷聽到這些對話才知道爸的憂心，希望我對所謂「其他男生」在看在玩的事物，也能產生興趣。

長大之後可以理解身為爸媽不直說的方式，但當時的我無法同理聯想，畢竟爸媽過往的教育與環境，肯定不曾碰過這些情形，他們長大的地方也沒有資訊或前例，導致他們因為各種未知而擔憂。如同我也是，對於自己與其他人的各種不同，成長過程中沒有停止過內心的各種矛盾和碰撞。

後來和他們聊起，彼此都還是會有一絲抱歉竄出。但我們

都沒有錯，經過多年，彼此明白沒有誰虧欠誰，重點是如何走到現在，如何同理到能解開這些結，就像他們也曾可愛地對我說：「唉唷，我們也是一路都在學嘛。」

基努李維

　　斗六有一家「雙子星戲院」，許多雲林人都不陌生。我們總會打電話過去，聽著熟悉的中年男子以親切的臺灣國語口音，播報當日電影時刻表，可能是經營這家戲院的阿伯自己錄製的，戲院由他經營，也兼撕票和播放電影，這是許多雲林人的共同回憶。

　　記得一家人在那裡觀賞過《鐵達尼號》、《酷斯拉》，和幾部柯南動畫電影版系列。只要爸放假，媽的髮廊傍晚後休

息，一家四口就迎著晚風，「四貼」緊抱著乘坐機車前往戲院看電影，那是至今最興奮難忘的時刻。時代變遷後，雙子星轉為二輪戲院，另一家首輪電影院中華影城來到斗六，雙子星戲院在七八年前也走入歷史，中華影城在二十年前成了我們衝首輪電影的據點。

印象最深的，就是在中華影城觀賞了《駭客任務》。二零一九年七月因為電影二十週年，復刻上映，讓我想起了一九九九年的那天午後。

兩個多小時的震撼後走出戲院，留在腦中的除了經典又令人瞠目結舌的三百六十度凝結畫面、基努李維下腰躲子彈的慢動作鏡頭，對我來說，少不了他的英俊形象，怎麼可以這麼帥啊。

離開戲院到回家的路程很短，但身體與心理莫名起了奇妙變化，想到基努李維在電影中的各樣狀態，開始不自覺發燙，下半身甚至有些反應。回到家後，我對爸媽說想回房睡午覺，其實撒了謊。我立刻鎖上房門，也將對內的那扇窗緊閉上鎖。打開電腦，等著撥接上網的吱吱聲響，焦躁了起來，當時覺得撥接上網也叫太久，太慢了吧。一連上網立刻在蕃薯藤或奇摩網站搜尋列上輸入「基努李維」，特地用原文再搜尋一

遍，瀏覽關於他的各式資料和圖片，當下感受身體和心理的細微反應，某種興奮的灼熱、冒著汗，心跳在胸口更為清楚地拍打，延伸到下體的躁動。那時我不知道怎麼一回事，處在摸索身體即將邁入青春期的轉變期。

說實在，那時有點討厭我爸，也討厭自己。

在那之前的幾年，我都和妹妹一起睡，房間在二樓爸媽臥室隔壁。有天爸覺得我身為老大也是男生，得開始獨立，因此三樓裝潢整頓好後，被他邊罵邊趕上樓去了，那時邊哭邊要我媽幫忙求情，媽甚至有幾天看到我半夜偷偷跑下來找妹妹，特地幫我保密。當時的我膽小，剛搬上去的前幾天晚上，睡前總會躺在床上睜眼望著天花板許久。有次疑神疑鬼緊盯著床邊那扇對外窗，二到三樓的樓梯間有盞黃燈，讓窗外看起來充滿亮光，有個巨大影子突然閃過，讓我嚇到直接抓緊棉被飆出淚。等我爸出聲跟我道晚安後，才知道只是他來收衣服準備下樓的身影。

其實會說討厭爸，呼應到他的管教方式與「重女輕男」。相同事件若同時在我和妹妹身上發生，通常被打罵的都是我。像是看電視的時候，穿鞋的腳不要放到沙發上，若是妹妹，他就好聲好氣告訴她，換作是我，他會直接一個手掌用

力往我大腿搧打上來。或許跟職業是警察有關吧，在我心中他一直是嚴厲的形象。很小的時候，曾在一次類似重女輕男的事件被爸打罵後，用注音寫了紙條——ㄨㄛˇ、ㄊㄠˋ、ㄧ ㄢˋ、ㄋㄧˇ，氣沖沖地丟在他的書桌上，因為如此，那天晚上在床上含著眼淚聽我媽念了好久。

回想起來，相信當時他心中必然很難過。現在覺得好在他逼著我上樓，只為了讓我能好好念書，整個家裡也只有我房間有電腦，這些都是沒說出口的愛的表達。另一方面，他或許不知道，他在我成長過程中，讓我意識到自己天生的許多不同，卻也讓當時的我多渴望能有個出口，關於那些生理與心理上的變化，讓我不帶畏懼地吐露這當中的無助、挫折與困惑。

這些結在多年前解開了，我依然想抱抱爸說一聲，我們都辛苦了。

喔，當然也要謝謝基努，但要抱到他，應該是不容易，哈。

SCENE 07

國小的女朋友

　　國小低年級時，校園瘋珠心算，某天早上升旗，校長一邊歡迎珠心算補習班的代表人，一邊派了一名學生拿著計算機和補習班出身的珠心算冠軍女同學 PK，在司令臺上演著從十位數到千位數的加減乘除題型計算。每道題 PK 下來，當然都是冠軍女同學勝利，整個操場響起各種掌聲與驚呼，當下的我並沒什麼太大感覺。

　　後來爸媽跟隨潮流讓我去學了，某天晚上如同往常坐在小

板凳上，盯著眼前客廳桌上的珠心算作業本，打著算盤逐題逐頁動著鉛筆，一題題填寫，寫到忘了第幾頁，理智線冷不防一斷，在某一題上停頓了大概五秒吧，用力壓著筆芯任它響亮地斷裂噴飛出去，一旁原本開心泡茶聊天的爸媽看著我愣了一下，我冷冷地看著噴飛的筆芯掉落在桌邊直到不再滾動，那次之後如願離開珠心算補習班，選了最有興趣的畫畫和書法。

　　一直覺得幸運的是，本身算很能忍的小孩，但忍無可忍之際也不打算掩藏不滿，試著以各種方式表達出來。而從國小低年級開始，有幾位女性好友是我重要的典範，她們使我懂得在興趣與現實之間，思考著如何取得平衡。

　　一年級的某天早自習，我的作業簿被班導拿給一位女老師翻閱，一邊翻閱一邊微笑地望著我，心想她大概就是傳說中的書法嚴師。「就他們。」當時不像《大紅燈籠高高掛》中，由鞏俐主演的頌蓮那樣被老爺點燈的感受，反倒比較像是收到兵單，通知幾號要入伍新訓。原來那位嚴師在看大家的硬筆字，挑了幾位學生後，隔天升旗時間大夥就到書法老師的班級集合。從那天起，我開始跟三位女同學特別要好，到現在每逢農曆年節都還會相聚，要好了二十多年。當時因為卡

通「南方四賤客」影響，我們取了團名叫「四劍客」，那把劍就是手上的毛筆。

我們每天都有個特例——不需要參加升旗，因為練書法也代表學校出去參賽。而四劍客的確也是這屆代表出賽時，成績總是最好的四位，無論是地區或全國賽，我們總能拿下其中的前幾名，當時小小年紀仍有一絲得失心，並且爸媽會透露出他們比你更在意名次。但讓我一直寫下去的原因，除了喜愛，最重要的是跟她們三人學習的過程。

四劍客的要好，彼此的家人都看在眼裡，爸媽也都變成了朋友，師長當然也知道，對於這種課內課外表現都良好的學生特別看重。到了五年級，四人剛好分在同班，改成午休時在一間大教室進行書法練習，書法老師和我們有了多年默契和感情，只需要專心盯著中低年級的學生習寫，還多打了一把鑰匙給我們四人保管，我們便又多了個特例——中午不需要午休，可自由進出練習教室。為何這也算特例？畢竟在那個年紀精力旺盛，學生根本不愛午休。

國小幾年間，除了一起練習、比賽，課業或生活的各種煩惱也會互相分擔、勉勵，尤其他們都是成績總在各班前三名的學生，我則保持在十名內，對於升學主義教育下長大的我

們，似乎連在小學都有著無形壓力。四劍客中 C 和 Y，本身愛念書，家長也不會給壓力的；我和 Z 則是特別喜歡文科，其他科目好好保持在一定水平就好。四人相處起來舒服的地方，就是不愛比較課業，互相欣賞彼此的天分和喜好，什麼都能聊，大概就是所謂的「典範」吧。對當時的年紀來說，許多課業壓力甚至同儕之間的大小問題，有了能訴說、討論解決辦法的彼此，都不算什麼了。

那時我特別愛鬧 Z，例如練習時會嚇她一下，或是不停講笑話讓她抖到無法沾墨和下筆。Z 是水瓶座女孩，悶騷，有興趣的話題就會特別活潑、眼睛發亮、話匣子停不了。可能因為我們共同點較多，她的心思也特別細膩，對當時的我來說，帶著某種投射欣賞之情，但，那時的我以為這是一種「喜歡」。

有一陣子流行交換日記，我和 Z 就是交換最密集的一對，有時提早寫完習題，我們還會偷偷在課堂中互傳遞交，內容除了一些小小心事，也會分享彼此喜歡的歌、喜歡的食物……就像那時流行買六孔夾，互傳紙張寫彼此的個人小檔案那樣，明明是交換日記，卻像在傳紙條一樣迅速。

高年級時，免不了開始聽說哪個同學喜歡誰，牽牽手親親

小嘴等傳聞都會在彼此間傳開。我的心底很矛盾，對Z的情感讓我喜歡和她一起做任何事，也對她身上散發的衣物香味特別感興趣。而經歷「基努李維事件」後，或許受到同儕影響，我想釐清自己是否對異性同學有特殊感覺，在此同時，也沒有停止那種像是對基努李維所產生的感受，來自書法課學長或是班上某位可愛的男同學，那感覺似乎又比Z來得強烈也不太相同。

後來我寫了紙條給Z，所謂的告白。她也同等回饋給我她的心意，清純如我們，不如有些男女同學會牽牽手，什麼也不敢做。原因可能是當時的我，持續在理清楚內心的各種情緒與感受。後來媽也知道我對Z告白的事，有次四劍客彼此的家人出去聚餐，他們拿這件事說笑，我才知道原來彼此家長也互通有無啊，當下看到Z的爸媽對我微笑，真的只想挖洞跳進去算了。

當時我的內心時常糾結這些事，常問自己喜歡男同學或學長是不是奇怪的，那次晚餐看到四人的家長們玩笑著我和Z的事卻有些竊喜，感覺像鬆了口氣覺得「還好有這個女孩讓別人覺得我跟其他同學沒有不同，我也有個女朋友喔」。這些疑問直到國中，遇到幾個男同學聊到相同的困惑，加上網

路更為發達，才漸漸有了管道和對象來釐清，否則當時的課堂中，沒人教我們這些。

國中之後，四劍客各自考上不同的學校，書法啟蒙老師無法分身乏術，將我們交給另一位名師，每週六晚上到這位老師家上課，變成我們相聚的時光。國二時的某個書法課夜晚，偷偷和其他三劍客說了我的事，終於向 Z 說明，原來當時我對她的感覺不如同性的那樣，她們很替我開心，對我來說，真的是「終於」，像某個結被打開，也讓我哭了。

二零一九農曆年回老家，四劍客如同以往聚餐，結了婚的 Z 帶著先生前來。聊到這些往事，我們笑得東倒西歪，但沉默時，四劍客互望的會心眼神裡，是彼此二十多年來累積的溫度，還有愛。

謝謝我的國小女友，謝謝四劍客。

菜市場的分離

媽媽祝您母親節
快樂
又生氣

媽媽：
您的愛比天高，比海
深。媽媽我♥您。

　直到現在都還沒完全改掉咬手指甲的習慣，學習表演初期，曾針對這樣的行為做過自我檢視和分析，也應用在某次演出的角色身上。後來與當年的大學班導聊到此事，才又喚起記憶中的那一天。

　大約六歲時，有陣子很常夢到爸媽離婚，或是媽媽在幫客人洗頭時，從髮廊的鏡子中瞥見她的臉變成另外一個人。每一回都是冒著冷汗驚醒，幾次眼角泛著淚，還曾偷偷晃到隔

壁房間看爸媽是否還睡在床上。我試著理出密集做那些夢的原因，似乎是從跟媽去菜市場那天開始的。

我很愛跟媽一起到斗六舊夜市旁的傳統黃昏市場，總會緊緊牽著媽的手，害怕迷路。某天忘了先是吵著什麼，陪媽到黃昏市場買菜，一邊扯著她的衣角，繼續對她嘟嚷。媽曾說我不是會大吵大鬧的小孩，堅持起來卻會展開碎念攻勢。她持續一段時間的沉默，撂了狠話後越走越快。那句話大意是「再吵，媽咪就不理你了」，轉眼我不再緊抓那一小塊衣角，她已消失在人群裡。

媽咪勒？怎麼辦？

依稀記得我的手心已經在冒汗，只覺得身旁的各種氣味和聲響逐漸放大，濕漉的柏油路上散落好多食物碎屑，蔥、蒜、魚肉味變得刺鼻，似乎任何景物都讓我更加迷失方向更加恐懼，肚子跟著痛了起來，我開始咬起手指甲。

「吼！你媽媽不要你了喔？」最有印象的是一個菜販阿姨，深棕色的髮流像是剛去髮廊整理過，暗紅色圍裙布滿深綠色碎點，讓我一度眼花，丹田出來的音量能讓半個菜市場聽到，或者，是我害怕她的話被大家聽到。

她的話一出口，我停住了。媽咪真的不要我了嗎？記得老

師說過，走丟的時候要在原地等爸爸媽媽回來，以為自己夠冷靜的當下，兩行灼熱已經悄悄從眼眶中溢出。

「涂寶，過來。」是媽咪。

抬頭一看真的是媽，試圖壓抑呼之欲出的哭喊，快速衝上前去抱住她的雙腿，眼淚則是更大量地湧出。現在回想，骨子裡的ㄍㄧㄥ大概那時就已經養成。

「不要再咬了。」媽帶著嚴屬的口氣瞪大眼看我，才意識到自己邊咬著大拇指的指甲。而那位菜販阿姨大聲地笑了起來。聽完她們的對話，我才知道，其實她們串通好，媽當時故意躲起來讓我找不著。

長大了之後，還未跟媽聊過這件事。她不知道那天之後，我時常做著那些關於分離的夢。

後來和班導聊起，推測可能是某種「分離焦慮」。不知道是不是許多人在那個年紀所發生的事，記得特別清楚？身為演員更必須和這些私密記憶和情緒相處，甚至得挖出來好好面對，因此時不時在工作上或生活中，思考這些記憶對於成長帶來的影響。這些記憶，讓我稍稍能理出現在的某些行為與習性，例如在大賣場或市場逛太久會莫名恐慌、例如哪些情況下意識到自己可能想咬指甲……諸如此類的。

我想媽不是故意的，也不太可能想到這些互動對我日後的影響。我不認為這有什麼好或壞，反倒是成長的痕跡，不也像一種親密的印記嗎？

送餅乾的男孩

　　二零一六年因為創作短片爆紅後，與經紀公司開始合作，特別辦了出道記者會，與大眾正式打招呼。會後的平面訪談，我直接向媒體朋友表明同志身分，一方面不想存有曖昧地帶就直接了當吧，也不願日後被特別檢視或是做文章。另一方面，這真的是再正常、再一般不過的事啊，我跟別人沒有不一樣。

　　曾經有人因此對於我在表演或角色詮釋上的能力產生質

疑，初期的灰心是一定有的，甚至冒出「又被貼了標籤嗎」、「是不是不適合走這條路」等疑問，久了，根本無需跟這些人計較，我不需要向他們證明什麼，只要持續在專業上發揮，努力把對的事做好，帶給人力量，總有一天他們會明白的。

後來，我常會碰到同一個提問：小時候是否曾遭到霸凌對待呢？

首先，慶幸從小就對所謂的「霸凌」有自己的一套方法。因為我們的教育制度，從國小開始就有各種考試，「比較」無所不在，無論同儕之間、大人之間、親戚之間等等太多太多，只要嗅到這樣的情況，要嘛閃人，如果閃不開，乾脆回覆「我也拿過畫畫比賽第一名啊」，抱持一種你說 A 我回 B 的轉移方式，結束一切。

這兩種方式也應用在被言語霸凌的時候。國小五年級開始，我的身材越吃越胖，足以讓一些同學指著喊「死胖子」，再者是性別氣質上的辱罵，「娘炮」、「娘娘腔」真的習以為常了。碰到辱罵，除了上述兩種方式，冷處理也滿有效的，要嘛冷冷看著他們許久，覺得不好玩了就會離開，要嘛就是連我自己都愣住的方式——

有次合唱比賽，被音樂老師指派為班上的指揮，記得是唱

臺語歌〈農村曲〉，曲調輕快，需要一位節奏感和肢體豐富的學生，我沒有讓音樂老師失望，除了班上拿到好成績，還拿下最佳指揮獎。但因為那次比賽，有個男同學知道我在哪一班，從那天起對我展開更密集的攻擊。

可能因為常跟女生混在一起，也可能從國小到高中，最常擔任的是學藝股長，興趣和專長也都是被刻板歸類在「女生喜歡」的各種事物上，因此時常被那些臭男生罵「娘」。那位男同學曾在掃地時間，三番兩次「特地」跑來罵我娘炮，有時下課一打鐘就出現在教室門口嚇我，死胖子、娘炮等字眼連珠炮，我都閃避或冷眼。後來甚至開始動手，扯我褲子、推我肩膀，那時我意識到他不會罷休。

有次他推我的力道太大，我踉蹌了一下，用力轉身看著他，他似乎因為我的大動作頓了一下，當下想大聲回罵，或是將他的行為吼出來，讓所有同學聽到，但我忍住了。下一秒慢慢走向他，走到彼此只有二十公分的距離，「謝謝。」我淡淡地脫口而出這兩個字，他愣住了，突然石化。我到底為什麼會說謝謝啊？

好的，竟然還有更荒謬的進展。隔天第一堂下課鐘響沒五分鐘，他出現在教室門口，收起平時的浮躁，首次叫了我名

字，揮手示意要我過去。我有點忐忑，不忘提醒隔壁同學，若有任何不好的事情發生，立刻叫老師。

「這給你。」他從合作社買了包餅乾，遞給我。

「謝謝。」這次的謝謝，總算是合情合理了。

他點了頭，迅速跑走，消失在我面前。餅乾包裝上，貼著一張小紙條，寫著「對不起」。

奇怪又奇妙的感覺突然在胸口搔著，他道歉了，因為我昨天那聲莫名其妙的謝謝嗎？當天下午，我買了餅乾回送給他。回想起來，不知道自己那聲「謝謝」，讓他在那一天之內經歷了什麼，他從此不再欺負我，甚至不再那樣對待任何同學。

而有個夢，在那時期時常出現。

我在國小教室外的走廊奔跑，像在躲著誰，不斷往前慌張奔跑，但走廊不尋常地越來越長，左彎右拐沒有盡頭。冷不防一道刺眼的白光射了過來，充滿整個畫面。大概到第三次做這個夢時，我已經知道會抵達一間超大的寺廟。果然，白光之後我已經在那間寺廟外的廣場，也知道繼續往右手邊跑，會經過一條巨型的龍雕像，再往前跑，看到老虎雕像時，會出現寺廟角落的提款機。不知道為什麼，爸每次都會在那

裡提款。如同前一次夢境一樣穿著警察制服出現，我還在逃命，得向他求救，但已經第三次了，之前不敢叫爸爸，這次想賭賭看，結果會不會跟上次不一樣。我吼著爸爸、爸爸，一邊拍著他，孰料他轉過頭來是一張比旁邊老虎雕像還可怕的老虎臉，扭曲、帶著血紅，而且充滿皺褶，不是爸爸的臉，他快速地俯衝過來，啊！

我醒了，又是那個噩夢。

後來稍微理出這個夢，和被霸凌的經歷似乎有所連結，尤其是時間點的巧合。我是個報喜不報憂的小孩，如果跟爸媽說出經歷，相信他們應該會挺難過的。到了中學時，類似的言語或肢體霸凌沒有消失，尷尬的是，除了花很長的時間，內心糾結地問自己，這樣的性別氣質是否是不對的，也總認為自己可以處理這些情緒和處境，而選擇隱瞞。

當時的我在心理上確實產生過各種影響，不管是送餅乾的男孩，或是其他遭受過的類似行為，這夢就是其一。夢裡映照出潛意識的恐懼，恰好都在遭遇這些攻擊行為之後。真心希望孩子們在成長過程中，都不要成為這樣的被害者或加害者，不僅是孩子，許多大人更需要理解相關教育的重要。

送餅乾的男孩，還有過去的又仁啊，讓我抱抱你們，好嗎？

游泳課

國中的時候，超級討厭上游泳課。

小學五年級，我就吵著要學游泳。仍然記得，首次突破怕水的心理障礙那天。大叔教練在雲林地方上是出了名的嚴厲，大概五十出頭歲左右，兩個帥兒子也是游泳教練，偶爾會來當助教，總之一家子都擁有標準游泳練出的精實身材。

某天已經學到了基木的飄浮打水，平常多在岸上指揮的教練大叔開始要我學習「韻律呼吸」，也是準備學習換氣的第一步。什麼是「韻律呼吸」呢？首先站立好在水中，口鼻仍

然在水面上，吸飽氣以後，整個身體往下入水，嘴巴緊閉鼻子吐氣，吐完氣後，標準方式是將兩個手掌舉起到與胸部同寬，再將手掌下壓水，身體藉著一股反作用力浮出水面。浮出水面之後，快速吐氣再次吸飽氣，重複剛剛的步驟。除了能用來調整呼吸和疲憊，教練說如果碰上任何意外，身心靈當下會緊張慌亂，韻律呼吸就能幫助緩和狀態。

當時的我，還未突破憋氣後，整顆頭要埋進水中的恐懼。大叔教練突然快速地游到我身旁，要我拿下蛙鏡。「你敢不敢在水裡張開眼睛？」「蛤？」拿下蛙鏡後，他突然這樣一問，我疑惑了一聲搖搖頭。「沒關係，我數到三你就憋氣，試著慢慢把口鼻進入水裡。」他平靜地數到三，我慢慢將口鼻沉入水面下，突然一股力量從頭部後側將我整個人壓入水中。我慌張地在水中抖了幾下後，突然意識到，欸，我很安全地在水裡耶，而且沒有戴蛙鏡！身體在水中平穩了下來，直到快沒氣時，我探出水面，看著大叔教練。

我明白了，一切都是他的陰謀，能不能在水裡張開眼睛根本不是重點！他試著給我不同的問題和指示，分散注意力，結果用了強硬的方法讓我突破心防。望著他不苟言笑卻達成目的的驕傲眼神，當下是一種不爽卻又感謝的複雜情緒，的

確在那天之後，讓我在各種泳式的學習上突飛猛進。游泳成了我最愛的運動之一，直到在國中時，出現了關卡。

國中第一堂游泳課，體育老師鄭重地說：「從這學校畢業的人都會游泳，因為考試沒過，你就不能畢業。」對我來說沒差，但身旁的確有同學掣咧等[1]，但我擔心的是第二堂課開始，必須正式著裝上課。

國中時騎腳踏車上學，只要當天有游泳課，從家裡到學校大約十五分鐘的路程，我都在祈禱下雨，因為學校是戶外游泳池，一下雨肯定改在體育館上其他課程。但如願的機率太低，我沒法像女生因為生理期作為藉口，只能帶著失望，換上泳裝。或許是青春期作祟，對於他人看見自己身體的眼光特別敏感不適，一方面我身材肉肉的，導致自卑和厭惡感特別強烈，通常到下水那一刻，身體在水中，才會安心一些，有點像許多人一時無法適應沒有瀏海、額頭羞於見人的時期。

這讓我想到，國中到高中時期，每次洗完澡後，我都把浴巾圍在胸上，遮住整個身體。有天爸媽撞見，嚴肅地問我男孩子幹嘛這樣圍，「啊……又沒關係。」當下支吾著，隨意丟了個回應就衝回房間。

---

[1] 掣：臺語，意指害怕。「掣咧等」，意指害怕到渾身發抖。

如果說在青春期前對於身體有過的認知，鐵定是因為爸媽。他們在我國小低年級左右，常帶我和妹妹去游泳，老家附近有座水上樂園剛開幕，即使那時只能稱作「玩水」還很怕水，刺激的滑水道還是讓我玩得不亦樂乎。有一次讓我永生難忘，快到終點時，忘了因為水道的水變少還是什麼原因，增加了摩擦力，後半段大概有五公尺必須很糗地用雙手雙腳讓自己緩緩「嚕」到出口。重點來了，接著我滑下來的阿爸硬生生地撞上我，重力加速度猛力帶著兩人衝入水中，嚇得我說不出話。

　　阿爸安慰著我，阿母則在旁邊笑得大聲，當時還在喘息的我，愣愣地盯著站在前方的阿爸的奶頭，直覺地伸手碰了一下，力道和速度比較像按電梯樓層鈕那樣，貼切一點說應該是「按」了一下。「所以男生長大之後長這樣喔？」不知道為何會對阿爸的兩顆奶頭產生好奇。那是一種很純粹，卻又像是與生俱來深層的探究衝動，開始冒出。

　　或許經歷了青春期，對於自身身體的不認同感，甚至夾雜著我從小具有的性別氣質，以致長久以來對於女性角色們，無論是身邊的女性長輩、同儕、看過的戲劇或書籍作品中的女性，都容易使我產生認同。也可能當時處於叛逆期，對於

爸爸的管教方式，以及一直無法跟他親近所造成的反彈，在當時變得主動反抗，因此心理狀態顯現到了行為上。

　　一直到後來離家，年紀漸長，在表演事業或是生命上的經歷，讓我慢慢找到主動向爸媽和解的方法，也都跟與生俱來的特質、傾向息息相關。那些和解的歷程，使我能真正開始面對，並且嘗試去解讀過往的行為與心理狀態，對後來的自我的種種作用與影響。

阿公的葬禮

"One of these mornings, you're gonna rise up singing. Then you'll spread your wings and you'll take to the sky." ——George Gershwin, "Summertime"

　　通常一坐上車，我就不多話，從小就喜歡靜靜望著左方車窗外的天空，腦中冒著各種想像。通常一家人出門就是爸爸開車，我最常坐的位置是駕駛座的後方，妹妹坐我右方，車內的記憶場景，總是這個視角。而那個凌晨在車內，爸的背

影特別沉重，餘光瞄到副駕駛座的媽，最常發話的她則一路靜默地望著前方。

那天凌晨五點多，聽到一樓髮廊和二樓爸媽房裡的電話同時響起，一股直覺從胸口衝上來，迅速將我拉坐起身，靜靜盯著床尾正前方的白牆，聽到電話鈴聲已斷，沒多久是咚咚咚咚踩著二樓木頭地板的聲響，是爸媽有些急促穿過妹妹房間的腳步，妹的房門接著被打開了。「涂寶，起床了，妹妹，起來喔。」「好。」媽的聲音從樓下傳來，我沒多問。我知道，是阿公，該陪他回莿桐老家了。

當時是第二次經歷親人的離去，也更有心理準備。一到莿桐老家的三合院廣場，我們的車停在救護車旁，住在雲林的大家都回來了。「阿公，到厝矣[1]。」「爸，到厝矣。」眾人喊著，我那時候才知道要留著最後一口氣的習俗，到家時，醫護人員將氧氣罩拿下，阿公被推進了神明廳，阿嬤和姑姑的哭聲在剛亮的天空底下，特別大聲。媽媽說，剛才沿途從醫院跟著救護車回來，恰巧整路都綠燈，阿公應該也想趕快回來吧。

為期兩週的守靈，唯一的女兒姑姑，以及包括爸等六個兒子，這期間輪班守夜，還有許多道教儀式一日一日進行著。

---

[1] 到厝矣：臺語「到家了」。

那是二零零二年的夏天，記得其中連續幾個晚上，所有人捻著香站在三位女法師身後，流著汗聽著誦經，一場下來加上幾次中場休息都是兩三小時跑不掉。捧飯、做七、法事、過橋等，除了連日的各種儀式特別肅穆，其餘時光並不會有太多悲傷氣氛，時不時也和堂兄弟姊妹們，討論當時正紅的電視劇《齊天大聖孫悟空》，學著張衛健詮釋的經典孫悟空，挑戰念著一長串口白：「我是，如來佛祖玉皇大帝觀音菩薩指定取西經特派使者花果山水濂洞美猴王齊天大聖孫悟空啊，帥到掉渣。」那時相信抬頭望著天空，或許能見到孫悟空的身影。摺紙蓮花時，比賽誰摺得快、摺得好，或在燒金紙時偷偷觀察大人們的互動。倒是能發現阿嬤、姑姑還有媳婦們，這些重要的女人們忙著張羅大小事，或是得配合一些微妙的重男輕女儀式時，產生的幽默和趣味小事。

印象深刻的是出殯日一早，阿公已從冰櫃被移至棺木中。請來的孝女喚著女兒和媳婦們進到靈堂，姑姑和媽媽還有其他媳婦們在這期間，已練就不帶情緒，走到定點，迅速抓了披麻，上工，一連串流程，就像開關轉換，由姑姑領頭，啪一聲跪下，她們立刻跟著哭喊、繞著棺木爬。我偷偷往靈堂裡看，繞到第二圈時姑姑突然停了下來，二伯母和媽媽有些

遲疑地望著前方的姑姑，但仍得「敬業地」哭喊，我注意到她們愣了幾秒，開始有些似笑非笑地低下頭抖著，繼續爬著完成儀式。

「姑姑剛剛在爬的時候，看到地上斷掉的橡皮筋，彎成很像數字六的形狀，停下來偷偷跟我們說，六號啦、六啦，阿公在暗示了，要簽要簽！」一旁出殯前的儀式繼續進行，媽媽在一旁小聲說著剛才事情的經過，眾人笑到不行。六合彩行之有年，姑姑在守靈期間擔任發起簽買的角色。有次剛掀開煮好的米飯，冒著煙，姑姑衝到飯廳要我先別動飯匙，忘了她如何分析，到靈堂前跟阿公說了些話，用錢幣當作筊擲出確認後，拉著媽跟著簽，當期真的中了幾千元。不得不相信所謂的巧合，常在冥冥中真有來自無形的「神支援」啊。我想總是精神奕奕又幽默的阿公，應該也在一旁笑著吧。

長大以後才知道孝女白琴的角色及唱曲，和家鄉的布袋戲大師黃俊雄有關，來自一九七零年代，黃俊雄大師主演的布袋戲《雲州大儒俠史艷文》中，那位身穿白衣、喪帽的孝女白瓊。她手持哭喪棒和招魂幡，揹著母親的骨灰甕尋找靈山金佛塔，為了安葬母親骨灰，演唱的主題曲〈噢！媽媽〉，即改編自美國作曲家喬治・蓋西文（George Gershwin, 1898-

1937）所作的英文歌曲〈夏日時光〉（Summertime）[2]。

　　出殯時的送葬隊伍，我和堂哥同坐一輛電子花車內，一度我也協助捧著阿公的遺照，夏日陽光仍然熾烈，大夥伴著滿身的汗水。當時經過一大片田野，或許因為天未亮就起床的睡意襲來，耳邊的送葬樂隊和孝女唱聲混合成濛濛的嗡響聲，熱氣也讓景色看來有些顫動。眼皮只要沉重到即將闔上，立刻用意志力將雙眼撐得更大，提醒自己得好好陪阿公走最後這段路。從花車內往外望著大片田野上方的天空，視線隨著些許不平的路面搖晃，一陣沙塵微微揚起的當下，我覺得天空中其中一朵雲就是觔斗雲，就像電視劇中孫悟空所乘的那樣。

　　我看看阿公的照片想著，他終於不用再透過電視，可以真的乘上那朵他所屬的觔斗雲，不再有病痛，神氣地騰雲駕霧了。

---

[2] 〈夏日時光〉是一首歌劇詠嘆調，出自美國作曲家喬治・蓋西文的歌劇作品《波吉與貝斯》（Porgy and Bess，又譯《乞丐與蕩婦》）。

異
男
忘

　　所謂的「異男忘」是指男同志愛上異性戀男生。這個詞在無名小站時代，甚至在 PChome 個人新聞報臺都曾被大肆提及，也因為報臺，讓我想到高一時暗戀的一位學長。

　　當時開始玩報臺敲打生活網誌，也是因為那位學長。他皮膚黝黑，身材精瘦，身高約一百七十公分，總是帶著俐落清爽的短髮，還刻意留點鬍渣。在學校管樂社擔任鼓手，說話風趣的他喜歡各類型音樂，也喜歡文字。這樣幽默又帶點文

藝氣息的男生，對很多女生充滿吸引力，對當時的我也是。

　　我就讀的是當地有名的公立高中，考上時我在內心高興地吶喊，爸媽很失望，他們希望我直升當時的私立中學，但國中三年成績總平均，叛逆的我算好好，正好差了一分達直升門檻。我才不會放棄這所嚮往的高中啊，不僅校風開放，社團活動多，還因為那件即將穿上的藍色制服，暑假下定決心減肥二十多公斤。

　　進了學校沒多久碰到了這位學長，立刻起了愛慕崇拜之情。認識他是因為一位同班女閨密，她也在管樂社，時常透過她知道學長的動向，雖然她總是翻著白眼，但還是一五一十跟我回報。事情維持了一個月之久，有天我們康輔社辦烤肉，我特地烤了一大盤豐盛的食物，跟女閨密串通好盯著學長，要送到管樂社給他。當我興高采烈走到管樂社團部，先看到一位學姐，「找誰？」她微笑著。敵意莫名地迎面而來，沒錯，她是傳說中學長的女、朋、友。我裝作態度自若，又不失對學姐的尊敬態度，說出學長的名字。「妳根本就知道我要找誰啊，還問……」但我心裡碎念著。

　　學姐對著練團室大吼名字，裡面只傳來斷續的吉他撥弦聲，我敏感地覺得她的音量有點刻意。「欸，你不是說到禮

堂門口要先打亞太給我嗎？」第一個從練團室衝出來的是我的女閨密，接著學長終於出現。我將心意送到他手上，學長說我太客氣了，不斷謝謝我，要我別再大費周章，這會讓他不知道該怎麼辦。

到了那個節骨眼，他早已明白我的心意，但從那次開始，感覺得到他漸漸不知道如何應對，漸漸有些疏離了。當然，我知道學長的意思了。為期如此長時間的殷勤付出，怎麼可能不知道這分愛慕之情？但我永遠不會忘記，女友學姐那冒著火的眼神，我確定那是一種敵意的火，可以再快速烤出一大盤肉片的，烈焰大火！

久遠之後，舞臺劇《單身租隊友》在水源劇場的表演期間。有天傍晚演出後，準備走出大樓門口，有人拍了一下我的肩膀，喊了我的全名，轉頭認了三秒，驚喜地喊出他的名字，是我的高中學弟。

你以為「異男忘」的故事就這樣結束了嗎？當然不，還有這位學弟——

高二的時候我去應徵，被選上當「導生」。所謂的導生，是指高一學弟妹剛入學，高二各班會選出一男一女分配到高一各班，陪著他們參加新生訓練、認識校園，如果有任何問

題也可以即時協助。一方面沒有師生之間第一印象的隔閡，一方面讓學弟妹更快適應環境。那時候我放了許多心力，跟學弟妹感情很好，也包括我導生班上的，那位學弟。

他皮膚白淨，身材高壯，戴方框眼鏡，長相斯斯文文，但個性活潑，喜歡運動，說話有點白目但不失幽默（突然發現當時自己喜歡的類型也是滿寬的）。我那時瘋排球，課後常跟這班學弟妹到排球場打球，他會跟我說心事，下課後也常一起吃點小吃閒晃後才回家。久而久之對他產生好感，奇怪的是，一樣，明知這條路不可行卻還撩落去了。

高二下學期，某天放學後打完球，我偷塞了一張字條給他，對，還是告白了。

經歷了國三慘痛的告白經驗，這張字條中，寫了許多先打預防針的字句，像是「純粹想表達心意，希望不會影響到之間的友誼」。學弟更直接了，隔天看到我就走，幾次甚至刻意讓我看見他後再轉身走人，擺明讓我知道他在躲我。我曾經傳了簡訊給他，試著挽回什麼，但後來，就是長達一學期的零互動。直到他升高二，我也高三了。

忘了後來如何修復這段關係，至少到畢業前我們還是好朋友。

在水源劇場一樓喊出他的名字時，心裡充滿激動，立刻擁抱了一下。多年來忙著劇場演出及演藝事業，再度相遇竟然在劇場。他在臺中工作和生活，特地買了戲票上臺北來看我演出。「之前一直想看你的演出都沒跟到，這次終於搶到了。」「太感人了啊！」我們交換了近況，心中一股暖流讓我想哭，但還是用力地抑制住了。

那些青春時期，所謂賀爾蒙噴發的年紀，有著太多無法忘懷的歲月。高三最後一次生日在學測之前，幾位同班的閨密貼心又白目地買了一本 A5 大小的六孔相冊，前幾頁是她們特地去找幾位學長學弟拍下照片，放在這本「異男忘回憶錄」送給我，她們驕傲地說，每張照片都有附上她們逼著學長學弟親手寫的小卡。這本回憶錄，現在好好地站立在我老家三樓的房間書櫃上，我想阿母應該早就偷偷翻過這本相冊了吧，不知道有沒有猜到相冊中為何都是這些男孩的照片。我應該找一天跟阿母分享這些「黑歷史」，畢竟她也曾對我炫耀過：「我在你們小的時候念高職，好多男生追我，聚餐的時候他們看我帶著兩個小孩出席的時候，心都碎了。」我也滿想問問，她年輕時暗戀的對象都是哪一款的。

對於那些「異男忘」的各種期待、幻想，到明知會破滅但

還是想狠狠經歷個幾回的過程，無論是在校車上戴耳機聽著MP3 裡陳綺貞的歌曲暗自流淚，或是睡前躺在床上望著天花板默默啜泣的夜晚。這些數不清的時光，都是成長中刻苦銘心的可愛痕跡啊。謝謝你們，伴我一同長大的男孩們。

SCENE

13

媽媽的背影

「我很想繼續升學啊，只是那時候阿嬤叫我快點出來工作幫忙家裡，我又是老大，所以國中畢業後就離開家到臺北學美髮……」媽哽咽著。

戲劇系大二時的暑假，我和妹妹一起籌備一個劇場演出，回老家找靈感，也想翻找老家存放的回憶小物。當晚和媽在她的房間聊著。我們坐在床邊的木質地板上，雙手舒適地靠在床面，可以聞到床上有媽媽的淡淡香水味。媽穿著最愛的

七五

酒紅色細肩連身過膝裙睡衣，粉色鯊魚夾隨意將她的波浪長髮固定在頭頂，她盤坐在床上擦著指甲油，一邊和我們聊著。媽是感性的人，從小到大看她哭過許多次，她不避諱在我們面前表達各種情感。不知道是否受職業影響，也或許她本來就這麼健談，不管是她的客人，或是身為兒女的我們，和她說話很容易放鬆，很容易被她吸引。

她說在臺北學美髮時，跟到不錯的老闆娘，但是對於環境不熟悉，時常覺得沒人可以訴說心事。冬天時最痛苦，一天洗完好幾顆頭、持續練習染髮，洗劑、藥水等長時間的使用和浸泡，冰冷的雙手早就破皮紅腫。幫客人洗頭時，雙手痛到顫抖只能忍著不敢吭聲，還是得把整天的工作好好完成，把該學的學好。晚上回到和其他學徒合租的小租屋，雙手擦了擦藥，回到房間只能躲在棉被裡偷哭，不敢每天打電話回家哭訴，她說阿嬤真不是普通的嚴厲啊，要她好好堅強，之後就可以回雲林的髮廊工作。

「那時候真的很氣你們外婆耶，現在回想起來還是這樣覺得，小時候真的很辛苦。我好喜歡讀書，但阿公阿嬤覺得女生不用讀那麼高啦，趕快出來幫忙家裡比較實際。家裡有好多事要幫忙，他們每天都一早出去工作，我凌晨就要起床，

天還沒亮，抱著整袋衣服和工具，騎腳踏車穿越一整片樹林，啊路燈也不多喔，很黑，自己一個人到河邊洗衣服。每次都好怕沿路有人跟蹤我，還是河邊有什麼東西跑出來，欸，我一個女生在那邊洗衣服，很恐怖。」

媽媽邊留著眼淚，邊笑著回顧這些往事，我們抽了面紙給她，她擦了臉上的淚水，忍不住笑了一下，我和妹妹也含淚看著她笑了。

「洗完衣服回到家，我就要趕快煮飯煮菜喔，因為要叫你們阿姨和舅舅起床上學，讓他們可以吃早餐。有幾次太晚回來煮飯，被妳外婆抓到，我就被打被罵，帶著瘀青的小腿去學校。以前真的重男輕女，你舅舅不愛念書，很會打扮也很會玩，阿公阿嬤還是對他最好，啊也不會逼你舅舅去工作，只因算命師說舅舅和阿姨都很聰明不用擔心。換作我，只要事情做錯就挨罵、被打。國三的時候我終於轉到最好的升學班，還一直被阻止念高中，好奇怪耶。」

那時候才知道，為什麼媽在我們都上幼稚園後，堅持去考高職夜校。念完高中，一直是她小小的夢想。「你們爸爸也是很好啦，很支持我去上學，而且媽媽很爭氣，全校第二名畢業喔。」

回想起來是有一段時間，傍晚幼稚園下了課就被帶去爸爸的梒桐老家給阿公阿嬤帶。吃完阿嬤煮的晚餐，陪阿公看新聞和他最愛的《大陸尋奇》，或是跟住在附近的堂哥堂姊玩，等十點多媽媽下課來接我們回家。回家洗完澡，最常看到的就是媽專心趴在床上念書複習筆記的背影。那個背影，給我的力量超乎想像。

高三學測後，考上靜宜大學觀光學系，那時開心地離家，卻也突然意識到好多事情得開始自己面對。那時戲劇系面試後落榜，下定決心好好念觀光，給自己許多壓力，無論是生活、人際、課業或各類活動，參加啦啦隊、參與活動主持、實習當領隊賺錢，也經歷了不敢說的初戀。後來給了自己更多期許，卻無法放下戲劇的夢想，跑到新竹參加面試而錄取了劇團的儲備演員，開始東奔西跑，邊念書邊揹著大小道具演出的日子，那時只能尋求家裡經濟上更多的協助，爸的不諒解也加深了心理上的沉重感，尤其大二上學期偷偷休學，決定轉考戲劇系的那段時間。

對家人，我總是報喜不報憂。直到有天走在往學校餐廳的路上，伴著即將爆發的情緒，望著手機許久撥給了媽。種種壓力和隱瞞，在聽到媽的聲音那一刻，眼淚直接衝了下來。

「媽媽，我⋯⋯我覺得好累。」試圖讓哽咽斷續的聲音，顯得堅強些。媽沉默了幾秒，溫柔地要我加油，告訴我，想休息的時候就要休息。好多事情不敢說，無論是感情狀態、偷偷休學的事、在劇團排練演出的壓力等等。調適好情緒，沉默了一陣子，最後只鼓起勇氣告訴她，我休學了。她沒多說什麼，繼續為我打氣，要我找一天回家。

通話結束後，我快步走到無人角落，蹲坐下來好好哭一場。那時我想到媽的背影，在髮廊忙完一整天，夜校下課回家後還要照顧兩個小孩，繼續讀書到半夜的，那個美麗又堅強的背影。

整個夜晚，我、妹妹和媽，哭笑著聊到凌晨，才肯互道晚安，一旁爸的打呼聲也陪伴著我們。我到現在都還沒跟媽說過，那些夜晚的她的背影，在我感到無助、無力或挫折時，始終給我好大的力量。她帶給我們的，不僅是一種堅毅，還有一分我和妹妹都遺傳到她的給人鼓舞又溫暖的超能力。

獨角戲

　　二零一二年的夏天，每天在板橋的租屋處，起床的第一件事，就是寫劇本，耳邊最放聽的歌就是蛋堡的〈過程〉。

　　那時二十二歲，準備升上戲劇系三年級。一樣過著打工、排練、參加徵選、接案演出、上課的日子。大約是那年四月，有天和臺藝戲劇系同學、學長姐、還有正就讀北藝戲劇系的妹妹，擠在租屋客廳中吃消夜，聊著聊著就聊出了一個演出計畫，決定在當屆的臺北藝穗節演出。湊足十個人，因應當年藝穗節第一次有了策展模式，我被推舉為策展人。我們分

成兩組，一組五個人，觀眾可以購買一組連看五齣獨角戲，或是買套票看足兩組十齣獨角戲。後來定案，以「顏色」為出發、以「青春」為主題，各自選出中意的顏色來發展關於自己青春記憶的故事，抽籤後完成分組。大家不約而同地，決定挖掘關於失去和遺憾的過往。

而我，選擇了最喜歡的藍色。

對我來說，表演具有療癒性，相信各領域的藝術創作者都會有同樣的體悟，創作本身就是和自己，也是和生活對話、碰撞的過程。演員也是創作者，同樣是茱麗葉，不同演員就會有不同的詮釋，來自演員身上所擁有的條件、特質、生命經歷，進而創造出各自的茱麗葉。而我們也從完成角色的經歷與生命過程裡，獲得成長，甚至更瞭解自己一些。這也是為什麼，過了幾年後再回來演同一個角色，又會有不一樣的角度和細節。

那是我的第一齣獨角戲演出，每個人有二十到二十五分鐘的時間，專注在一個事件和主題創作演出，已經非常足夠，但最初的挖掘是最難的。

當時的租處房東，是北藝大的兼任老師。當時看上那間老公寓，就是因為每一面牆都是一幅畫，其中一面藍色的牆就

是仿米羅的〈藍色二號〉。那幅畫給了我很大的靈感，到現在也一直相信，當時碰到那個住所似乎早已註定，將創作出這齣小戲。

十個人的青春，就像十幅畫作，在空間裡的每個角落輪番上演，觀眾能在一百分鐘內移動到五個角落並且停留，也像在看展。

在創作前期，我查了資料顯示「男生藍色、女生粉紅」的色彩性別框架，是二次大戰後的嬰兒潮以及製造業再度興起有關，顏色區別被拿來作為某種行銷的手段。最初，藍色給人溫柔、平靜的感受，在二戰前被視作女性的顏色。因此當時也有人稱同性戀為「Blue」。

我將這樣的色彩與歷史放進了我的劇本和舞臺上，開場觀眾只看見舞臺上有一塊大大的女廁標誌，一顆圓型的頭，下半身有三角形作為裙子，幾何拼湊成的代表圖形，但整個圖形，是藍色的。開場後我從大型標誌的背板後蹦出來，穿著一整套深藍色短袖洋裝，戴著淺藍色妹妹頭短假髮、搭配淺藍色絲襪與一雙粉紅色高跟鞋。跳完舞後，開始述說著關於離家、關於初戀的故事。長久以來在劇場演過許多角色，那次是我第一次在舞臺上扮裝，創造出這位叫「虹彩妹妹」的

角色。

「十八歲那年我在臺中念書，當時很流行無名小站，右下角的九宮格裡是最新造訪自己網誌的網友，如果你有買銀卡或金卡，就可以跟人家炫耀你可以看到更多來你網誌光顧的網友人員。」每次說到這裡，臺下觀眾就會產生共鳴地大笑。「我就是在上面認識了我的初戀。那時候沒什麼錢，每到週末還是堅持買一張莒光號車票，從臺中一路叩叩叩到屏東找他，他大我一歲，正在念大二。記得第一次踏出車站門口，好忐忑好慌張，立刻拿起亞太，打去問他說：你在哪裡。接著看到十一點鐘方向，一個戴著白色安全帽、藍色口罩的男生，我知道，就是他。走過去跟他打了招呼，靦腆地說：你好。他竟然回：啊你本人怎麼這麼大隻。」觀眾再度哄堂大笑。

「記得那天風很涼，一坐上機車後座，他就出發準備帶我回他的租屋。一路上迎著南方的微風，忍不住盯著他脖子上的寒毛，我就突然很認真看著他的寒毛耶，當下覺得，怎麼會有人的寒毛隨風飄逸得這麼好看，身上還帶著一股很舒服的香味。那天之後，我們就正式在一起了。」

故事說到這邊，我總會先休息一下，跟觀眾玩問答遊戲。我會點一位臺下觀眾問：「一想到藍色，你會想到什麼？」

其中一個場次，爸媽一如往常北上來觀賞。開演前，我難得緊張到發抖，不斷冒手汗。虹彩妹妹帶點特別的鄉音，交雜臺語，我希望她像觀眾們家隔壁的鄰居大姐、或是親切的親戚阿姨。除了是第一次以扮裝反串的模樣，在他們面前演出，最令我緊張的是，上述都是真實故事，透過虹彩妹妹說出來，也是我對他們隱藏多年的祕密，要說出來了。

到了互動的遊戲時間，透過虹彩妹妹，我鼓起勇氣指向爸爸。我的其他演出夥伴們，知道這場對我的重要性，演到這一段時，瞥見他們都在觀眾席後哭了，但我必須在角色裡，道出更深的故事。

演出結束後，我和妹妹陪著爸媽到臺北車站，回程前一起吃了晚餐。媽媽終於開口問我：「涂寶，剛剛演出的故事，都是真的嗎？」她複雜的心情在眼神中透露無疑。「嗯，百分之九十都是吧。」我眼淚即將奪眶。

「你快樂最重要啦，媽媽以前都覺得為什麼你總是選擇難走的路……」

「我沒有選擇啊。」

「我知道，我知道。後來我想想，對啊，我兒子沒有比別人差，也很優秀，我們真的很幸運了啊。」

「演得很好。」爸終於開口。

我努力含著眼淚，給了爸媽微笑，因為怕一開口，眼淚止不住。像往常一樣抱了抱爸媽，目送他們上月臺後，才在妹妹面前流下眼淚，我們兩個也擁抱著。

表演具有療癒性，必須挖掘自我，也在長期觀察他人、觀察自己的訓練中，同理各種角色，扮演和詮釋。最重要的是，把心打開，才能往前。就像十九歲那年某一天，在車站外跟爸媽道別，準備回北部排練，我鼓起了勇氣上前抱了他們，那是國中以後就沒有的親密接觸。我想跟他們和解，尤其是我爸，不想因為過去叛逆期與他們產生的各種不諒解，變成永久的疙瘩而沒有落幕的一天。那個擁抱，爸媽都嚇到了，媽甚至眼眶泛紅。肢體很奇妙，或許是東方教育的關係，讓我們總帶著對長輩的隔閡，爸媽在對待孩子的過程中也在學習，甚至沒有意識到縱向的對待，長時間下都在帶給彼此傷害。

那次過後，我們開始能將過去彼此給過的傷害、愧疚、誤解，像玩笑般地自然說出。我很開心主動做出這樣的改變，才能跟爸媽如同朋友一樣貼近，在二十二歲的獨角戲演出後，讓那些結，漸漸解開。

「離開世界之前，一切都是過程，活著不難，最難的是做人。」就像〈過程〉裡的歌詞，是啊，表演也一樣，人生更是，一輩子都學不完。

臺藝十三妹

　大二下學期時，我和幾個戲劇系學長姐好友，創立一個團體「臺藝十三妹」，到了大三我被選為系會長，班上延續這個團體，並拉來更多學長學弟加入。

　對，你沒看錯。

　我們集結了全年級的「男孩姊妹」們，陽剛的、陰柔的、管他什麼特質，在每一次系上大活動上演歌舞秀，舉凡像是系遊、臺藝戲劇的傳統實驗劇展後的「金獅獎」頒獎典禮，

臺藝十三妹就會驚艷登場。我們做過九零西洋金曲串燒歌舞、也復刻過瑪丹娜宮廷版〈Vouge〉一曲的現場演出，甚至還有寶萊塢風格的印度舞曲。

那時有舞蹈基礎的，要努力帶頭把舞學好編好，確保整體演出達到相同水平，若有人肢體較有獨特風格，就安排讓他發揮的橋段。縫衣、找道具的功力，都是那些日子練成的，突然覺得，戲劇系出身真的萬能啊。那時為了買足全團的高跟鞋、大量相同款式布料，甚至為了復刻某個造型必須找到最相近的假髮，我們可以搜遍大臺北，有時集資從國外網站購買。當時許多人都還要上課、打工、接案，體力燒不完……回想起來，打從心裡嘆著年輕真好。

畢業後考取了替代役的專長役別，單位名稱是「替代役公益大使團」，分有戲劇組、特技組、舞蹈組、樂團組，後來還增加了古典樂團組，那一年是很重要的練功時期，大家互相切磋表演技藝，也學習各自表演上的態度。服役期間除了協助行政庶務，每天都得進行演出創作與排練，每週到全臺各地進行公益演出。妙的是，大使團也是全男團體，為了讓演出更豐富多元，有些人也扮裝演出，添加節目的可能性和多元性。那時還想著，幸好在大學有臺藝十三妹的磨練啊。

一直在思考「臺藝十三妹」這段記憶，對自己的重要性，應該是關於「團體」。

很長一段時間，適應「团體」的速度很慢，總在進入一個新團體的前期，會有強烈排斥感，我總是「不知道該怎麼開始」。成長中各個階段，我發現課外表現總是讓我開始跟團體親近的契機，即使到了藝術大學，思想與心態上獲得較大的開放得以伸展，本身面對新團體「不知道該怎麼開始」的尷尬感仍然存在，加上嚴重「不愛多說、不多解釋」的個性，甚至在某次製作上被誤解，好意被傳成了惡意，把自己弄得傷痕累累。「十三妹」正是在我被傷了之後的自我修復過程中出現，和我的同班伴侶一起號召帶領，也開始思考「扮裝」的表演形式，對於日後創造女性角色的演繹，是一個重要的機緣和基礎。

我一直認為戲劇具有療癒的作用，無論是對表演者本身，或是對觀眾而言，甚至在大學時的一門戲劇治療課，有個重要作業的主題，我就是透過扮裝角色來挖掘自己，和老師進行深入探討。「十三妹」讓我意識到「扮裝」所帶來的療癒性與自我挖掘，進而破除對於「團體」的尷尬感，那分尷尬感跟信任有關，某種「不信任感」應該都與成長各階段，

因為性別特質所受到的言語或身體上攻擊等受傷經驗有關。「十三妹」讓我可以更容易地跳出來，俯瞰理解到「團體」的意義，應該是讓人「從中發掘各自的獨特在哪，而不是迎合而喪失了獨特，並且學習如何更具彈性的包容各種獨特」。

從小到大的生命經歷，到日後表演這條路的跌跌撞撞，一直推演至今，似乎成了現階段，這些作品的創作脈絡和軌跡。我也似乎給了自己一點答案：身為生理男性，也喜歡且欣賞自己的身體，卻較擅長演繹各種性別角色，特別是女性，絕對與成長過程，與我的媽媽，脫不了關係。這樣的思考讓我開始更重視這樣的創作和演出方式，也成為我在表演上的獨特性。

網路時代興起後，我便期許自己能以演員的身分創作獨特的作品，除了演繹各種性別角色，突破框架，並透過喜劇方式訴說一些貼近人心的故事，使觀者對角色信服並有所感受，我想，我是有做到的。不會停止的是，我想繼續探討更多可能性，關於生命、關於社會、關於世界，也對應到自身，無盡的探索、無盡的挖掘。

花
童
向
前
走

第一次化妝是在幼稚園中班。

那陣子非常密集地擔任花童，剛好我們兄妹是一男一女搭配，只差兩歲，當時成了爸媽友人眼中的花童熱門人選。媽總是笑說自己不太會化妝，所以我的化妝初體驗就獻給了鄰居張太太。初次當花童的一大早，媽牽著我和妹妹到張太太家，我興奮地喊「阿姆！」因為要被化妝了，聲音情緒比平常她來家裡做頭髮時的稱呼，嘹亮五倍。閉著眼睛時也止不

住微笑地感受，阿姆細心幫我上底、畫眉毛、畫口紅、畫腮紅、拍打粉撲的各個過程。

大人總說女生才化妝，可是當我乖乖被化妝時，大人會開心誇獎，完成時照著鏡子，大人們也合不攏嘴地說好看、好可愛，那時的審美觀和價值觀就從身旁的這些聲音開始養成的吧。但是當我回頭問大人們，為什麼男生平常不能化妝，或是刻板印象中什麼性別該有什麼樣子的問題時，他們又總是呼攏過去，隨意給個謊言當作答案。所以我喜歡當花童，幼稚園時也喜歡在學校活動爭取上臺演出，因為這樣就可以理所當然地上妝，不用管那些得不到答案的矛盾和疑惑。

許多疑惑，當時不敢問出口，腦中立刻傳來大人們的聲音說「囡仔人有耳無喙[1]」，所以從小學著乖乖閉嘴，靜靜觀察身邊人的一舉一動，從觀察中找答案。這或許也是那年紀的我，開始學習在「符合期待」及「追求真心所好」之間取得平衡，學著當乖小孩，但內在總是蠢蠢欲動，忍到不能忍就找機會見縫插針，爭取真正想說、想做的。

大班時曾擔任中班導師的花童，仍然記得她很嚴格，剛學注音符號時，全班排成一排，一個個輪流到老師面前考試，老師挑出一張注音手卡，要立刻念出來，如果忘記或思考太

[1] 囡仔人有耳無喙：臺語，斥責小孩子不要亂問大人的事，就算聽見了也不可以亂傳。

久，她手上的木棍就會無情地往我們小小的雙手掌心襲來，錯一個打一下，不能閃躲，否則懲罰加倍。雖然嚴厲，被挑中當她花童還是很開心，我們雀屏中選的八人，甚至當時在校還走路有風的感覺。

婚禮當天，對於自己的老師要結婚，看她穿著婚紗出現，還是有種奇妙的感覺。

記得某個橋段準備往門外移動時，幾個男生必須跟著，好好將老師後方的裙襬拉好不落地。我當下一邊乖乖拉著，一邊欣賞那套婚紗的細節，突然疑惑地問旁邊同學，為什麼裙子這麼蓬啊？他們竟然慫恿我一探究竟。一股強烈好奇心推動，抓到一個大人都在忙的時機，蹲了下來，將頭探進裙子再迅速出來，裝作什麼事也沒發生，但男同學們早已竊笑到飆出淚。「裡面有網子耶，好像燈籠喔！」當下還用氣音說著，但發現他們根本不在乎而繼續笑著。

婚禮結束後，迫不及待地跟媽分享，換來一頓打罵，她覺得我沒禮貌。但當下，我只是對漂亮的裙襯深感新奇，獲得解答的瞬間甚至感到振奮，即便被當作狡辯，仍堅定地挺直身軀接受一次次揮來的棍子。

骨子裡的抗爭因子，也在一次和媽去臺中時，具體呈現。

差不多也是幼稚園年紀，有天媽跟好友開車帶我和妹去臺中玩。那位好友，我們都叫她阿芬阿姨，是媽以前在髮廊工作的同事，當晚逢甲夜市因為大型活動，廣場上架著巨大舞臺，歌手輪番開唱。人群沒有聽從指示，從舞臺前溢出到兩旁騎樓下，與行走的路人擠在一起。原本逛完夜市，準備走回停車場的我們硬生生被卡在人群中動彈不得，身旁除了緊捏我們手的媽和阿姨，四周不斷緊貼上來的都是一張張陌生臉孔，臉頰像麵糰一般不斷被擠揉的妹，小小身軀的她耐不住恐懼而大哭，只見媽焦慮地將她一把抱起，和阿姨想找縫隙和時機，卻無計可施。眾人的情緒越來越沸騰，歌手熱力演唱的歌聲和樂曲，以及觀眾的尖叫聲，突然變成令人無奈的嗡嗡聲響。死賴在騎樓下看演出的群眾，仍然不管我們這些想通行的人，有些零星的衝突叫囂從遠方傳來，兩方互相嗆罵，誰也不讓誰。

　　當時不知道哪來的勇氣，聽到遠方叫囂中的關鍵字，一股情緒灼熱地從胸中衝了上來，「往前走！」大聲地脫口而出。身旁陌生人竟然開始順著我的聲音，媽媽和阿姨也喊了出來，妹妹原本哭皺成一團的臉，愣愣看著這瞬間，竟也安靜了下來。眾人重複喊著「往前走！往前走！」，越來越整齊

且越來越響亮，我們這方人馬順勢用身體緩緩往前推進。這股力道和聲量，似乎讓越來越多人意識到問題，紛紛從遠處協助紓困，沒多久順利解決了原先的窘境。那個晚上的記憶，長大後跟媽聊起，直說我的舉動讓她感到不可思議。

曾經聽前輩好友唐綺陽老師，提到魔羯、巨蟹、天秤和牡羊即是四個開創星座，生來就是來改變家庭狀態和規則的。當下聽到時，深深地會心一笑了。我是魔羯，媽則是天秤，都是家中的長女長子，也的確都在成長過程中，不斷在家庭關係裡尋求改變和突破。差異是，媽媽的方式比我來得溫柔，我則在不同時期找到時機就拿針戳他們一下，只是那些事件就像大小不同的氣球，引爆程度也不同。

爸媽一直把愛人當作第二個兒子對待，一起回老家時，也跟媽聊到想登記結婚的事。愛人正好是天秤，甚至跟媽一樣屬馬，奇妙巧合之外，回想一起走過近十年，時常在某些片刻對他說：「你真的跟我媽很像耶！」尤其各種生活習慣，或是與他相處的態度上，那種在乎的方式，都有其相似之處。這些年，換成他時不時來戳我幾下，促進彼此不斷攜手往前、一起成長，我想這也是種風水輪流轉。

看著身邊友人們結婚生子，若剛好孩子是天秤或魔羯，我

和愛人總會開心地對這些下一代說，你們跟叔叔一樣都是開創星座耶，內心還是會玩笑地想，朋友們準備接招這些開創星座的威力吧，哈！哈！

SCENE
17

九
二
一
凌
晨

　　一九九九年九月二十一日凌晨，在保安隊的爸還在值勤，開著車在轄區內巡邏，媽、妹妹和我正在家睡著。凌晨一點四十七，一陣天搖地動，「地動，地動[1]！」媽媽的喊聲從隔壁房間伴隨緊密如快鼓聲響般的腳步漸大，踩著木地板瞬間已到我們床邊。我瞬間彈起，對、這不是普通搖晃，用力搖著一旁熟睡的妹。房間所有物品的劇烈搖晃聲，還能隱約聽見二樓陽臺外響起詭異的轟隆聲，抬頭瞥見瘋狂甩動的吊

扇讓我不敢多逗留，抓著睡眼惺忪的妹衝下樓。整個世界上下左右晃動，克服不受控的搖晃，艱難抵達一樓後才敢稍微鬆口氣。

到了一樓聽見奇怪的流水聲，沖水臺的水龍頭把手被一旁躺下的木櫃壓斷了，水正無情地湧出。媽先設法將木櫃搬起，然後機警地想到必須將大門外騎樓柱上的止水閥總開關關閉，才能阻止水流，一經過客廳，發現時鐘停留在一點四十七分，秒針竟然逆著走。媽拉起鐵門時，餘震襲來，我和妹立刻跟著衝出去，左鄰右舍也傳來此起彼落的拉門聲，大家都在等下一步該怎麼做。

關了止水閥，我瞧見當時的天空，呈現詭譎的紅色，散布著暗紅色的雲朵。

「巧麗矣，恁兜有按怎無[2]？」張太太湊過來問候，媽和鄰居們開始討論事發情況，餘震時不時襲來，有大有小。媽試圖打電話到爸的警局跟他報平安，但電話線路不穩而作罷，有鄰居試圖用還不普及的手機聯絡親人，也都失敗。家的那條街走到底通往大馬路前，有個斜坡通往一塊小空地，我們這條街的鄰居一行人，決定往前移動，先待在空地算是最安全的做法。

---

[1] 地動：臺語，意指地震。
[2] 恁兜有按怎無：臺語，意指「你們家有沒有怎麼樣？」

到了空地時，大馬路開始來回呼嘯著救護車和消防車，遠方可見幾處大樓長出濃濃黑煙。腳邊是鄰居的收音機，廣播不斷播報著各地災情，更傳來斗六幾棟知名大樓倒塌的消息。聽到某棟大樓關鍵字時，媽突然愣住，嗯，妹妹的舞蹈老師就租在那棟大樓。當下，我腦中再度冒出關於「死亡」的記憶，人生中第二次對於死亡，產生如此濃厚的感受。

第一次是低年級時，那天在文化中心參加寫生比賽。快到正午，交稿時間將至，我坐在小椅上摺疊桌前，捏著蠟筆將畫紙上最後的天空部分上色。爸坐在一旁，夾在腰間皮帶上的 BB.Call 突然響起，他看了一下後迅速到角落的公用電話回電。他匆匆回來臉色沉重，坐回我身旁並溫柔地告訴我，趕快交件要趕往莿桐，我問原因，爸沒有正面回答，開始幫我收著畫具，當時立即感受到那分焦慮不安，不禁加速了下筆的速率。

大堂哥走了，很突然且震驚。記憶還停在前一週，像往常一樣在莿桐的三合院大片空地和他打籃球，也像往常一樣瘋狂奔跑、笑著，他還是那樣幽默，總會照顧到我們這些弟妹。那時還陪他練騎機車，高三剛考完試的他正準備考駕照。

晚上前往大伯家，靈堂已架設完畢，我無法忘記阿嬤趴在

冰櫃旁大聲哭喊的景象，也是第一次看到大伯和伯母，還有堂姊和二堂哥一家不斷流淚。聽到老五的叔叔對大夥輕聲說著，早上堂哥如常協助叔叔們到田間幫忙，豔陽底下他說想到樹下休息，叔叔發現他臉色發白不太對勁，閉目後卻不再醒來。曾聽過大堂哥從小花了許多時間調理心血管，但這樣的離開仍覺得突然。站在冰櫃旁，從上方透明玻璃看見大堂哥的面容時，「哥只是在睡覺吧」、「哥真的走了」內心這兩個聲音不斷對打成奇怪的感受並且在胸口翻騰，有生以來首度看見了「死」，夾雜著疑惑、恐懼、悲傷等滋味。

當晚親戚們在靈堂前陪著大伯一家人和阿公阿嬤，我被囑咐和妹、二堂姐睡在客廳旁的臥房，望著昏暗的天花板，想著人真的有靈魂嗎？一牆之外，靜靜躺在冰櫃中的堂哥會不會醒來？他會不會看得到我們？靈魂是鬼嗎？腦中盤轉著死亡、生命的種種疑惑，進而感受到自己的手腳指頭末梢神經冰涼著，是害怕嗎？是憂慮嗎？是什麼？忘了當時想了多久，我才甘願睡去。

九月二十一日終於天亮，清晨快六點時，空地聚集的大夥陸陸續續回家。

媽媽在廚房弄了點東西吃，如同往常，我和妹妹準備回

房間穿制服，對面比我大兩歲同校的鄰居姐姐捎來停課的消息。後來恢復上課後，好長一段時間總能看見工人們穿梭在校園各個毀壞的角落，也多了一條條黃色的施工警示帶。印象裡，當時接到停課消息就跟著媽檢查家裡各個角落，才回房睡到了中午，我也記得，當晚妹妹知道她的現代舞老師無法再帶著她練舞和比賽，哭了許久。

曾在高中時間過媽，何時開始思考生命與死亡，記得她是在輕熟年紀經歷家人生病死亡，才體會到生離死別的痛。「人生真的很像一班單程列車，不知道終點站，何時該下車，但我們只要好好欣賞窗外的風景，還有經歷的人事物，重要的是過程不是何時下車，不是嗎？」我當時笑答，是看了什麼書有這些體悟嗎？但這的確是她最完整的一次回答。

「年紀越大想法越簡單了啦，如果我發生意外或生病很嚴重需要急救，千萬記住，我不要插管或電擊，不要折磨我喔，讓我平靜安詳地走，走了以後幫我樹葬吧。」更大了之後，媽曾經這樣對我說。立刻想到大堂哥在樹下休息後就靜靜離開了，我想這也是一種福氣吧。

我跟媽說，海葬也不錯，就像許多劇本文學，常常將水、河流、海洋作為生命的比喻。戲劇系三年級時有一堂戲劇治

療課，老師要我們在白紙上畫出一條屬於自己的生命河流，並在河流各處用不同形狀或大小的石頭，標示每個時期的大事件，完成這幅河流的畫之後，將自己的河流在排練場中央呈現出來，邊沿著河流走，邊分享這些石頭分別代表什麼事件、對我們的感受是什麼。我像是真的看見那些石頭浮現在眼前的那條河，過程中小心翼翼地撿起，說出大小事件，還有成長中經歷的生離死別，再隨著當下的感受和力道，放回那些石頭。

此時再度回首這些記憶時想著，生命就像當時在排練場的呈現吧，我們沿著河流，不斷拾起、放回每顆石頭，如同一開始拾起了生命，卻也已經學著最終，如何放下。

肉鬆與薯泥蛋沙拉

SCENE 18

從小對豬肉鬆的愛，至今未改變，這分愛也是我和媽的一種連結。

記得國小低年級時，某個下午媽進了廚房，我立刻抓緊時機，裝作不經意地尾隨到廚房，準備找些食物解解嘴饞。原因是媽總把零食放在冰箱上，當時我不夠高，只能趁此時央求媽幫我拿食物，這可能是媽避免我和妹少吃零食的手段。比起來，妹對零食的魅力確實難以抵抗，我無法抵擋的就唯

一〇三

獨那罐在我抬頭仰望冰箱頂端，總會閃閃放出光芒的豬肉鬆。

當時班上有個要好的女同學，她家在菜市場裡賣肉鬆，有一次聊到，她像是找到知音，答應偷裝一袋豬肉鬆來跟我一起配飯吃。隔天中午，我盛好一整盤營養午餐，開心地打開她用透明塑膠袋裝好的肉鬆，迅速撒在飯上，挖了一大口吃，發現味道不大一樣時，一種針刺感穿進右臉頰裡的牙齦中。「為什麼會有刺？」腦中小劇場開始幻想如果掉到喉嚨再到肚子裡面，我會不會死掉？女同學有點驚慌，自己吃了一口，才瞪大眼睛告訴我：「我包成魚鬆了啦。」雖然沒有因為那根刺而痛恨魚鬆，但至今我仍只鍾愛豬肉鬆。

總之那天悄悄踏進廚房時，看見媽雙腿微開大約與肩同寬，站得穩穩地望著我們家的後院，一手放在胸前似乎捧著什麼，一手也在胸前動著。我太想一探究竟，迅速溜到她身邊，隔了三秒她意識到我，「喂！害我掣一趒[1]！」我還來不及道歉，已經注意到她正捧著那罐神聖的豬肉鬆，著魔似地一匙接一匙。

「媽媽，妳怎麼在吃我的肉鬆？我也要吃。」我心裡有點不平衡覺得被搶先一步，並且恍然大悟，原來媽也愛吃。

「什麼你的肉鬆？這我買的耶。」媽又好氣又好笑地回我，

---
[1] 掣一趒：臺語，意指「嚇一跳」。

順手用湯匙挖了一口給我。「你真的像到我欸，不用配飯，這樣吃也高興。」

「難怪有時候想說怎麼變少了。」我邊開心地嚼著，一陣頓悟後，硬要計較地抱怨一句。

斗六老家廚房給我的回憶，除了神聖豬肉鬆，就是媽做的薯泥蛋沙拉了。

常見的一人份做法，是將一條去籽的小黃瓜（可以先加適量鹽巴抓一下）與四分之一條紅蘿蔔切丁，一起加入半杯水，放進電鍋蒸。兩顆蛋先進電鍋加熱，蒸熟後泡冷水，剝掉蛋殼後將蛋白、蛋黃分開，蛋白切丁。準備三顆小馬鈴薯，蒸熟之後加入約四十克美乃滋、胡椒和一茶匙的鹽，剛剛的蛋黃這時加入，慢慢將馬鈴薯壓碎及攪拌。之前準備的蛋白、紅蘿蔔、小黃瓜（用白開水沖過，將水分捏乾），全部放入薯泥，一起攪拌均勻即可。如果天氣熱，可以用保鮮膜將碗封好，放冰箱冰一下，我特別愛吃冰冰的口感。

第一次看著媽從冰箱裡，端出大大玻璃碗的沙拉，吃了一口之後驚為天人，怎會有這麼好吃的料理啊？我和妹一碗接一碗，第一次看到媽嘴角止不住上揚，帶點驕傲又擔憂的口吻，要我們別吃太多。

媽一個月只能煮兩三次整桌飯菜，不算太頻繁，因此每次煮完後都會認真地要我們給每道菜評價，也總是囔著自己廚藝不佳。一方面是髮廊忙起來根本沒時間，一方面是我們家沒有媽媽一定要煮飯的刻板狀態，所以首次登場的薯泥蛋沙拉獲得如此高的評價，她應該從來沒料想過吧。

戲劇系大二時有次回老家，走進熟悉的廚房竟然又看見那熟悉的豬肉鬆放在冰箱上，十幾年後我不再需要抬著頭吞著口水。拿了一根湯匙，像媽一樣面向窗外，看著爸種滿花草的家後院，一手捧著豬肉鬆一手動著湯匙，著魔般一口口送進嘴裡，一樣酥酥脆脆、鹹甜鹹甜。

「吼，眼睛很亮，那罐我剛買的欸！」媽冷不防從廚房門口進來，當場抓到正在吃肉鬆的我。

「害我嚇一跳！」時空瞬間像回到十幾年前的那個午後，只是這次被嚇到的是我。

「你作賊心虛啦。」

「妳還不是一樣。」我們兩個像是同時意會到什麼，噗哧笑出來，繼續鬥嘴。

那時也想到她的薯泥蛋沙拉，即使曾在臺北依照網路上所寫的食譜做，也從來沒成功還原媽做的那分驚為天人的家的味道。

關於秀娥：家、扮裝、一鏡到底

　　小我兩歲的親妹妹也是演員，轉學到臺北定居念戲劇那一年，她剛好考取臺北藝術大學戲劇系，我則在臺灣藝術大學。兄妹這十年多都在臺北，互相觀賞彼此的演出也合作過幾回，還會互給筆記。關於表演，我們可以從午夜聊到天亮。某次一起回斗六老家，妹妹依照慣例相約午夜在我房間，聊東西方各種表演體系，聊劇本、也聊現今環境。那個晚上，我迸

出一個想法：好好詮釋一個女性角色，說她的故事，說服觀眾相信她的存在，並從故事中獲得共鳴。

這個願景一直在腦中存放著，直到二零一七年底創造了「秀娥一鏡到底短片系列」，算是一種延伸與實踐吧。

從小無論看電影、聽音樂、看書，總是對女性角色或女歌手本能地產生同理，很快抓取這個人或角色身上的重點，興致勃勃地想從自己出發去演繹和詮釋。像是珍‧奧斯汀（Jane Austen）[1] 筆下那些十八世紀末十九世紀初，受到社會環境影響與衝擊的愛情故事，對我來說超級迷人，閱讀時常把自己套入某個女性角色身上。或許跟心理傾向有關，好像也連結到血液中的表演欲，甚至在成長過程，從我媽身上得到各種投射，以及各種影響。

媽特別喜歡西洋音樂與電影，例如她喜歡的聽瑪丹娜（Madonna），早上起床時我最愛在床邊那臺收音機播放〈Take A Bow〉[2]，那時才七八歲吧。奇妙的是，長大後發現這張專輯真的與「枕邊」有關。另外，媽媽看了不下二十遍的《麻雀變鳳凰》（Pretty Woman），雖說電影本身就以女主角為主視角，我卻也不斷有試圖想深切體會女角的遭遇與心理狀態的衝動。

---

[1] 英國小說家（一七七五年至一八一七年），代表作品為《傲慢與偏見》、《理性與感性》等。
[2] 收錄於一九九四年瑪丹娜的《Bedtime Stories》專輯中。

踏入戲劇領域後,戲劇文本中的女性角色們,依然使我特別有感,能快速在腦海與身體上建構,轉化成演員對於角色的詮釋。從小也發現自己的音域比較廣,讓我能有較多種聲線放在不同角色上。我一直認為「聲音」的選擇,應該是秀娥在被創造演出後,讓許多人能進入情境,並相信「她」的原因之一。

再來是「扮裝」。每次舞臺劇謝幕後到後臺會客前,我會快速換回私服,那是對角色的尊重。曾經在一些活動中以秀娥角色演出,依然會碰到小朋友喊「娘娘腔」、「好噁心」的窘境,卻沒有人阻止;或是幾次希望能好好講述為何扮裝,透過短片來講述女性故事時,有人就只以「一個有話題的網紅」在「搞笑」來看待。

這也是我想透過本書,好好說出這些背後生命故事的其中原因。

創造秀娥的初期,先建構「她」的形象,包含穿衣風格、生活上各類喜好,以及她的性格、怎麼呼吸、怎麼走路,也必須將她身邊的人物關係先列出來,這是演員在詮釋角色前的創造、分析階段。我會將角色速寫下來,再畫下身邊人物關係樹狀圖──丈夫是誰、幾個小孩又叫什麼名字、哪些閨

密友人等等，接著進一步回到編寫文本的角度去思考，這些周遭人物對秀娥有著哪些意義，還有她對於這些人的態度？然後就可以長出更多可能性。回歸到外在形象上，也是給觀眾的第一眼印象，無論是哪種性別的角色都必須有具體的外在形象來說服觀眾，因為生理性別與角色不同，「扮裝」對我就格外重要，這在許多喜劇中也有其重要意義。

劇作家莎士比亞創作期間正處於文藝復興時代，當時父權社會下，宗教、法律都規範女性不能上臺演出，因此劇中女性角色都是由男演員扮演。在一些文獻中可以讀到：演出使得觀眾「姑且信之」（Willing suspension of disbelief）的概念，所以某些戲劇也操弄性別議題，讓演員在「入戲」、「出戲」之間穿梭，像是對制式性別角色有著某種反省的意味，增加戲劇上的效果。

當代有位知名的英國導演迪倫・唐諾倫（Declan Donnellan）[3] 曾在執導莎士比亞喜劇時，運用了全男演員演出方式。這些演出例子有許多意義，也是為什麼我在創造上都以女性角色出發，試圖轉化成能貼近大眾的方式，以演員角色扮裝呈現，說服觀眾也試圖打破刻板，並用喜劇來包裝概念及想說的話。

---

[1] 迪倫・唐諾倫：知名英國劇場導演，著有《演員與標靶》，與 Nick Ormerod 共同創作「與你同行」劇團（Cheek by Jowl）。

對我來說，秀娥在扮裝上的意義，可能有更深的個人情感，而「一個男演員詮釋一個女性角色使人信服，並創作出這角色的生活片段，以一鏡到底喜劇短片的方式呈現」，這應該還沒什麼人做吧，我當初這樣想著。

這系列創作還有一個核心，也是為什麼選擇以生活情境產生喜劇的目標為前提——「演員絕對不能把目標放在讓觀眾發笑上。演員不該做好笑的事，應該把注意力集中在情境上。如果他們演得真實而生動，自然會產生幽默。」這段話取自大學時的導演老師耿一偉[4] 所推薦的《導演筆記：導演椅上學到的 130 堂課》[5] 一書。這也是秀娥系列以一鏡到底的方式來呈現的原因，結合劇場與影像的選擇，少了剪接，讓喜劇的「節奏」、「呼吸」直接流露，更可以聚焦在情境與表演上的流動，喜劇就自然產生了。

—

[4] 耿一偉：臺北藝術節藝術總監、臺灣藝術大學戲劇系客座助理教授，也是臺北藝術大學戲劇系兼任助理教授。

[5] 《導演筆記：導演椅上學到的 130 堂課》：法蘭克・豪瑟（Frank Hauser）、羅素・萊克（Russell Reich）著作。

讀劇本之前

　　在整理和挑選過程中，我盡量保留劇本在開拍成影像前的模樣，即使現在回頭，好幾度都想動手修改成覺得可以更好的結構和狀態，總是在這分衝動出現時，立刻用力拍打自己的手說不可以不可以，因為這也是我想呈現的「過程」。

　　我一直覺得「概念」在創作中很重要，這也是當時我從劇場「衝動」跨足到網路創作短片的原因。每篇劇本前，我標示了每個短片所使用的拍攝器材，簡述排練與拍攝次數，還有拍攝當下碰到的狀況。我想說的是，前期與夥伴就是從

一臺 DV 開始，完成每一集一鏡到底的拍攝。回想起來，過去在劇場裡導過一些小戲，依然喜歡用簡單的桌椅來完成演出，一方面常常得克服有限的經費資源，另一方面回歸原始，「少即是多」，這也是為什麼一張簡單的椅子搭配演員的表演，觀眾就能想像那個演員在怎樣的環境、經歷了什麼、劇中時空當下的天氣如何。

想像力，越簡單，給人的想像力空間越寬廣。

這幾年跨到新媒體，再到影視，對我來說，不變的是「概念」的重要性。網路時代來臨，絕對是對過去舊體制的衝擊，正因如此，有才華、有想法的創作者或表演者，可以好好把握這時代的來臨，我相信無論在哪，好的東西絕不會被埋沒，重點是「獨特性」，還有，你想說什麼故事。

回到演員身分，網路就是讓人看見「原來還有這樣類型的演員」的開始，並且開啟更多作品題材、類型的可能。我也期望，除了演出，還能透過更多媒材，創作出更多不同類型的作品。即使過程會經歷各種考驗和打擊，慶幸自己正經歷新舊時代的交替期，也擁有改變的勇氣和動力。

謝謝喜歡秀娥的每個人，謝謝你們喜歡我的表演，這真的是我莫大的榮幸。

一鏡到底：秀娥系列

劇本選讀

＃ 逛花海節

戲劇地點	靠近花海節場地的路邊	戲劇時間	午後	
拍攝方式	一鏡到底，Digital Video Camera	排練次數	事先排練兩次，到拍攝場地後排練兩次	
拍攝實況	兩次完整一鏡到底拍攝、一次中斷。中間有一次路人經過，因此中斷重來。			
特別備註	秀娥系列的第一集，因此在編寫上較為簡短。目的是藉由一個日常生活片段，帶出這個媽媽角色的形象、性格，以及媽媽身邊，日後將繼續延伸的家庭成員們和交友圈。			

（秀娥提著幾袋剛買的禮盒，正在花海節場地旁的路邊和好友淑惠講電話）

秀娥：喂？喂，淑惠啊，對啦，我秀娥啦。沒有啦，我跟我老公還有我女兒來逛花海節。對，人很多、人很多，花也很多，很漂亮。

沒有啦，我是要問妳說，妳這個月有要標嗎？標會啦，標什麼，哈哈哈哈哈。

對啦，我有問張太太啊，欸欸，妳等一下，我女兒，我女兒叫我拍照，你等一下喔。

（暫時先把手機握在手裡，稍微移動到一旁看著大女兒的方向）

一、二、三，耶！啊啊，媽媽忘記把手機收下來。（她把手機先擱放在提著的禮盒袋中）

來！西瓜甜不甜？甜！（秀娥微蹲在一叢花草前，開心地雙手都比出勝利的「耶」手勢）

喔，好好好！

（開心地拍完照後，拿起手機，繼續完成和淑惠的通話）

　　喂、喂，對，啊妳這個月有要寫嗎？ 喂？喂！啊怎麼沒

訊號啊？（驚慌地捏著手機，對著手機底部大吼）喂，妳有聽到

嗎？喂？啊！

（一顆彈力球飛了過來，砸中秀娥的頭）

　　妹妹啊！叫妳不要亂跑！妹妹，妳給我過來！（掛完電話

之後，秀娥把彈力球撿起，丟回給小女兒）啊妳們爸爸呢？

─── 終 ───

＃ 載小女兒去美語班

戲劇地點	秀娥家附近馬路上	戲劇時間	傍晚，小女兒放學後吃完飯
拍攝方式	一鏡到底，Digital Video Camera	排練次數	四次
拍攝實況	三次完整一鏡到底拍攝。中間有次因路上交通狀況，中斷一次從頭開始		
特別備註	秀娥系列爆紅作品，Facebook 與 Youtube 兩個平臺的瀏覽人次加總，將近兩百萬觀看人數，這角色因此被更多人看見、認識。		

（秀娥拿著購物袋和桃紅色防風外套，正從家的大樓門口走出，準備騎車載小女兒去上美語班，已經遲到了，小女兒在機車旁等她，電話響起）

秀娥：喂？妳誰啊？喂？喔！老師喔，不好意思啦，對。（秀娥

快速地走向機車，邊講電話邊忙亂地插入鑰匙、掛好手上的購物袋）

沒有啦，我們要載她過去了，因為她剛剛下課的時候，

身體有點不、舒、服啦。（生氣地盯著女兒，顯示在幫女兒找

藉口，女兒不開心地悶哼一聲）

好好好，我們要過去了，抱歉抱歉。好，等一下見，see

you，goodbye、goodbye 喔。（配合著電話中老師的口吻，急迫

卻要強裝親切地回應，結束通話）

（快速穿上防風外套、戴上安全帽，有點氣憤地對著女兒說）妳的汁

麻街老師，布蘭達，又打來了。（秀娥跨上機車，旋轉了鑰匙

發動機車）快點！還在那邊拖。趕快上來！

（女兒上車後，將機車緩緩地退出停車格）坐好了沒？拖拖拉拉，跟妳爸爸一樣，每次吃個飯就在那邊配電視，配電視！一直拖，慢吞吞。

（機車行進中，秀娥不斷碎念，小女兒不斷地晃動著身體調整坐姿）

妳不要一直搖。坐好啦！講不聽耶。欸，妳等一下回來的時候，妳那個考卷啊，要拿給我們簽名喔。妳的老師上次有寫聯絡簿跟我說，說妳那個考卷都沒給我們簽名。喂，妳有沒有聽到啊？

（女兒依然沒有出聲，女兒的安全帽開始撞擊著秀娥的身體）

小姐？小姐！妳又給我睡著。下車，很危險耶，妳給我下車！（女兒乖乖地下車，秀娥將機車熄火，在空曠的馬路邊停車，也走下機車看著女兒）

不是跟妳講過了，載妳的時候不要一直打瞌……（她瞄到了女兒的腳）啊你鞋子呢？

（秀娥發現小女兒一隻腳光著沒穿鞋，瞬間想到了什麼，迅速往剛剛騎過的路上看）

喔！妳鞋子怎麼會掉下來了啦？很誇張欸妳。

（她弁跑到機車後方大概五六公尺處，沿路上都是小女兒剛剛掉下來的各類物品，那隻鞋子也遺落在那）

帶那麼多東西去幹嘛啦？這聯絡簿也掉出來了，還有這什麼？美少女的棒棒。叫妳不要亂帶東西，妳那個 Elsa 書包的拉鍊拉起來，奇怪耶，講都講不聽。

（持續收拾著女兒掉在路上的東西，發現越來越多奇怪的物品）

妳又給我放石頭！叫妳不要亂撿石頭，講幾次了。要遲到了，還給我搞這一齣，講不聽耶。收起來啦！

（女兒已經被罵到哭著，沒有要向前收拾，站在原地哭著，看著媽媽繼續收著東西）

————

戲劇地點	河堤	戲劇時間	早晨	
拍攝方式	一鏡到底， Digital Video Camera	排練次數	三次	
拍攝實況	兩次完整一鏡到底拍攝。現場因有許多人真的在運動，也因應收音問題做了調整，中間有兩次拍到一半就中斷重來。			

（秀娥牽著家犬蔡頭，健走運動。手機音樂很大聲，是葉蒨文的經典歌曲《瀟灑走一回》。電話突然響起，秀娥不耐煩。）

秀娥：喂？妳爸爸不是起床了？

　　　　媽媽來運動，帶蔡頭出來散步啊。

　　　　什麼幫妳找葉子？這裡哪有桑葉啦？

　　　　蠶寶寶哪有吃那麼快？爸爸不是有幫妳買新的？

　　　　什麼肚子餓？蠶寶寶都吃得比妳飽妳還沒吃？

　　　　叫妳爸爸聽電話！哭什麼啦，不要哭喔，我數到三，一、

　　　　二……叫、爸、爸、聽！妳先去看佩佩豬，快點。

（家犬蔡頭正輕微拉扯繩子，想去找一旁路人）

　　　　蔡頭過來，不要去弄人家。

（手機中傳來老公接了電話的聲音）

　　　　蔡勇成，你給我起來！帶妹妹去吃早餐！

　　　　你別每次放假就睡那麼晚，是多累？誰叫你昨晚尾牙喝

　　　　那麼多，不是很愛喝？等一下看妹妹自然課作業寫完了

沒，不然晚點我們不是還要去找你媽？

　　大嫂不是說她要煮嗎？我現在不想跟你吵架，回去再講。

（用力點了一下螢幕，掛斷。注意力又回到家犬身上）

　　唉唷，這樣喔，滋滋滋，好乖吼。

　　你在聞什麼啊？聞什麼……夭壽喔！媽媽沾到你的屎

啦！

　　吼！快被爸爸氣死，你也來湊一腳，啊！

（家犬突然往前衝，秀娥出鏡）

　　我還沒清你的大便耶！

# 幫媽媽顧店				
戲劇地點	媽媽經營的金香行店鋪內	戲劇時間	午後	
拍攝方式	一鏡到底，Digital Video Camera	排練次數	兩次	
拍攝實況	兩次完整一鏡到底拍攝。很順利地拍完一次後，緊接著拍第二次，最後選擇了第二次拍攝的版本，進行後製調色、上字等工作。			
拍攝實況	第一次讓秀娥她媽媽的金香行場景出現，實際上真的是我外婆的金香行，正是童年時給外婆帶的那段時光的真實場景，因此找來媽媽擔任聲音演出，作為一個小彩蛋，並有致敬之意。			

（秀娥正開心地在媽媽經營的金香行店鋪客廳，唱著卡拉OK，一邊幫媽媽顧店）

秀娥：（唱）找一個無人熟識，青分的所在，燒酒一杯二杯三……

（唱到一半對旁邊的小兒子說話）一起搖！（繼續唱）無聊的祝

福，這嘛我無想欲講，只想欲離開 倆個，找一個……[1]

（唱到一半，手機鈴聲突然又響起）

你外婆又打來了啦！喔，一直打。（秀娥拿起遙控器按下音

樂暫停按鍵，翻找著包包，接起手機）喂，媽，怎樣？妳什麼

時候要回來啦？我已經唱幾百首歌了耶。

（小兒子突然把玩具小球丟了過來）

欸，不可以丟啦。（繼續跟媽媽講電話）我還要去載妹妹啊。

我知道妳明天還要拜三界公[2]，嗯。（小兒子調皮地掀了一下

秀娥的內搭褲裙上的短裙擺）不可以掀裙子，不可以。

（媽媽繼續在電話中問話）**什麼榴槤？現在哪有榴槤啦？欸**

欸，妳等一下。（一位女客人正好上門，秀娥準備結束通話）**妳**

等等，有客人，對對對，我等一下再打給妳啦，好。

嘿，妳好，要買什麼？（轉頭提醒兒子）**弟弟，看到阿姨要**

叫啊，沒禮貌耶。

女客：怎麼賣？

（女客人走向門口望著一包包裝好的金銀紙，秀娥開始親切地介紹）

秀娥：這是土地公，這五十，然後那是一百的。如果妳是要拜

三界公，這是五十……

女客：（考慮著）土地公……

秀娥：還是要……（小兒子準備衝到店門外大馬路，秀娥迅速將他抓回來）

弟弟，過來啦！再給我跑到馬路上試試看，我打電話給

警察伯伯喔。

女客：三界公，五十的好了。

秀娥：喔，好。謝謝喔。

（將客人的硬幣收進收銀機後，客人離開，電話又響起）

秀娥：阿嬤又打來了啦。（用力點按手機螢幕，接起）喂，妳說什麼

橘子？我有買了啊。（弟弟又把小球丟到秀娥腳邊）不要這樣

玩球球。（繼續回應媽）橘子很多，妳不要再……啊！

（一堆橘子滾到了秀娥腳邊，原來是小兒子開始玩著袋子裡的橘子）

欸，你在做什麼？（小兒子開心地笑著，秀娥準備先結束通話）

媽，我再打給妳。

你在做什麼……欸！（秀娥踩到地上的玩具摔倒）唉唷，很痛耶。（兒子覺得好玩，繼續笑著）這什麼東西啊？（秀娥發現兒子也把玩具丟到地上，還脫掉了襪子）你波力[3]的襪子，穿好，怎麼又脫下來呢？穿好。

（秀娥狼狽地爬起，一邊收拾著地上的殘局）

受不了你耶，嫌我不夠累是不是？這橘子很貴，你亂來耶。（拿起一顆橘子認真地教年紀還小的兒子）來，這不是球球，這是橘子！

———— 終 ————

[1] 歌詞取自臺語經典歌曲〈無人熟識〉。

[2] 三官大帝，指的是道教中掌管天界（天府）、地界（地府）、水界（水府）三界之神：「天官」、「地官」和「水官」，閩南語俗稱「三界公」，客家話稱為「三界爺」，又稱「三元大帝」。

[3] 卡通《救援小英雄波力 Poli》，主角波力，是一臺救援小隊裡的藍色警車，經常在鎮上巡邏以維護秩序。在編寫角色設定上，為秀娥的兒子最喜歡的卡通之一。

# 找手機				
戲劇地點	二樓女兒房間	戲劇時間	晚上	
拍攝方式	一鏡到底，Digital Video Camera	排練次數	兩次	
拍攝實況	三次完整一鏡到底拍攝。有一次手機道具卡在垃圾桶中找太久，怕影響影片節奏，直接重來。			

（秀娥正著急找著自己的手機，走到了二樓，卻隱約聽到大女兒房間傳來打呼聲）

秀娥：姐姐，你有看到我手機嗎？（敲門，發現女兒房門沒關緊）姐姐啊，碧娟阿姨說要傳 LINE 給我，但是我找不到……

（說到一半，看到女兒在書桌前打瞌睡，女兒看媽媽進房嚇醒，兩人對看）

我苦了我……蔡宜玲，妳明天要月考欸。別當作我沒看到妳在睡覺喔。不要太扯喔，妳說妳要補數學我也給妳補，平常說妳要看漫畫，放鬆，我有在管妳嗎？妳最近精神怎麼這麼差啊？

（秀娥走到大女兒書桌旁，拿起她的參考書）

參考書有在寫嗎？（拿起一旁的小桶子，氣憤地開始丟參考書）

不要念了，不要念最好。不要寫了，氣死我。

不要說我一直在念妳、一直在罵妳，我罵你們也會累耶。妳要做妳妹妹的榜樣啦。（突然看見小兒子從隔壁房間走來，站在一旁）

弟弟！你不要再摸小鳥，叫你不要一直摸小雞雞，你再摸？我就不買波力給你喔。你去隔壁，不要吵你姐姐，過去。東西都亂丟耶。（撿起兒子丟在地上的玩具，喊著兒子要他到隔壁玩耍，又回到大女兒旁邊）

小姐，撿起來啦，參考書很貴耶。真的不讀了嗎？

（氣消了，秀娥又抱起桶子，將剛剛丟入的參考書拿出，突然發現桶子內有異狀）

等一下，我的指甲油怎麼在這？我的……我的手機！（發現手機也被丟在桶子裡）我想說垃圾桶怎麼一直嗯嗯嗯（秀娥模仿著手機震動聲）。天啊！我的包包？弟弟啊！我丟完你姐姐的東西，現在換你丟我的啊？氣死，你給我過來。

（秀娥往隔壁房間走去準備找小兒子，沒幾秒後，秀娥突然從隔壁房門探出頭在女兒眼前）

妳給我去洗臉。（對女兒說完，又跑去隔壁房）過來！電視關掉，不買玩具給你了喔。

—— 終 ——

# 接妹妹放學				
戲劇地點	小女兒學校門口 對面馬路邊	**戲劇時間**	傍晚	
拍攝方式	一鏡到底， Digital Video Camera	**排練次數**	一次	
拍攝實況	兩次完整一鏡到底拍攝。第一次拍攝時，旁邊有大型貨車經過影響收音，因此直接選了第二次拍攝的版本進行後製。			

（秀娥坐在機車上，等著接即將下課的小女兒，正打電話給淑惠。秀娥感冒了，聲音十分沙啞）

秀娥：喂，淑惠啊，對啦，我感冒啦。我來載我們家妹妹下課。

啊妳晚一點不是要去找麗英做臉？做臉啦！

沒有啦，我就跟妳說我感冒，前幾天寒流來我冷到。昨天晚上想說吃麻油雞補一下，誰知道吃太多喉嚨反而就鎖起來，現在講話都要很用力，有夠痛苦的……

（秀娥還是不時地望著校門口，看女兒是否下課了）

有，有！我有去看醫生，醫生說麻油雞可以滋陰補氣，但是我的體質比較燥熱，吃麻油雞反而會更嚴重。對啊，我也是現在才知道。（電話講太久，突然破音）我跟妳說，我現在聲音像男的……哈、哈、哈……咳、咳！（很緩慢地笑了幾聲，用力過度咳嗽了）

（秀娥咳嗽後，反而跟好友淑慧越聊越起勁）

我二月要跟碧娟去臺中啊，妳是要不要去啦，麗英都沒空妳還不去，快被妳們兩個魯死……之前不是說我們四朵花要臺中一日遊，去住飯店啊！我現在都要很用力，醫生叫我不能一直講話啦。等一下吼，我看一下……（聽到些微小孩的吵鬧聲，又看一下校門口）

去臺中啊，我想說很久沒有去那裡玩了啊。（瞥見小女兒的身影，校門口嬉鬧聲也越來越大聲）啊、啊！我們妹妹出來了，先這樣喔，我晚一點再跟妳 LINE 啦。（再度破音）

好！（手指用力敲了一下螢幕，切斷通話）

妹妹……啊，忘記了。（突然想到自己沒辦法大聲吼叫，跳下機車開始在原地邊跳、誇張地揮手）蔡鈺庭、蔡鈺庭！這邊啦！

（又咳了起來）喔，有夠痛苦的，氣死，真的沒聲音了。

（開始無奈地望著女兒自言自語）她是真的把我聲音當作是男的啊？這邊啦！

（跟蹌了一下）差一點踩到屎……這裡！

（決定過馬路帶女兒，出鏡）

———— 終 ————

初二回娘家

戲劇地點	媽媽經營的金香行店鋪內	戲劇時間	上午	
拍攝方式	一鏡到底， Digital Video Camera	排練次數	三次	
拍攝實況	三次完整一鏡到底拍攝。中間配合卡拉 OK 點唱機器的 Cue 點錯誤，直接從頭再拍一次			

（農曆初二，秀娥回到老家，也是媽媽的金香行店鋪，看著媽媽正在將發糕切片，準備煎來吃，這道點心也是秀娥和她大女兒的最愛）

秀娥：媽，妳今年有煎發糕嗎？阿阿阿，我看到了。宜玲、宜玲，

妳阿嬤知道妳愛吃發糕，又在煎發糕了啦，哈哈哈哈。

（從廚房出來後，轉頭注意到小兒子的舉動）

欸，弟弟，不要亂拿東西，你拿這個是什麼？（從兒子

手中拿起東西）你怎麼有這個飯春？這個是阿嬤的耶，

不要亂拿東西，站在那邊不要亂跑喔。

（又跑回廚房對著大女兒分享）欸，宜玲妳看，這是妳小的時

候幫阿嬤顧店，有幫她賣過這個飯春啊，就是這個啦。

這過年拜拜都要插在那個飯上，有跟妳講過啊。因為

「春」就是「剩下」的臺語，有那個諧音，也有年年有

餘的意思啊。妳先幫我拿著，等一下拿給阿嬤喔。（伸手

將飯春遞給大女兒）（旁邊傳來小兒子玩耍的笑聲）

喔！弟弟啊，你又吃到整個都是。地板髒髒不要摸，進

去，等一下要吃飯了，快點快點。（推著小兒子進廚房）進

去廚房，找阿嬤洗手手，快點。來來來，要吃飯了喔。（店鋪門口突然傳來腳步聲，秀娥再度從廚房出來到客廳探頭看）

欸，新年快樂！

大、小姪女：小阿姨，新年快樂！

秀娥：喔！佩珊跟佩嘉，越來越漂亮耶。啊妳們媽媽勒？

大姪女（佩嘉）：在國小那邊停車。

秀娥：還在停車啊，現在難找車位喔。欸，佩珊，阿姨在唱歌啦，妳最會唱了，妳陪我唱，快點！

小姪女（佩珊）：好好好。（跑去旁邊看著歌本，拿起遙控器點歌）

秀娥：來來來來，趕快唱。（打開桌上的圓盤蓋子，對著佩嘉說話）這邊有瓜子，都可以吃喔。妳阿嬤放了好多糖果、還有這些花生。

大姪女（佩嘉）：這是什麼啊？（佩嘉拿起圓盤旁邊一個個橢圓、橘黃色的水果）

秀娥：欸？這是什麼啊？我剛剛也沒注意到耶。

小姪女（佩珊）：唉唷，那個是仙桃啦！

秀娥：啊哈哈哈哈，佩珊阿嬤帶大的啦，她都知道阿嬤會準備什麼。來，趕快吃喔！

大姪女（佩嘉）：好！

秀娥：好吃耶！還有這個一包包的麵條，等一下妳阿嬤可能也會煮。（開始跟大姪女閒聊，小姪女已經在一旁唱起歌）欸，佩嘉，妳現在幾年級了啊？

大姪女（佩嘉）：大二了。

秀娥：妳大二了？這麼快。妳是念那個什麼戲劇系嗎？

大姪女（佩嘉）：對對對。

秀娥：啊妳念那個戲劇系，以後會不會在電視上看到妳啊？

大姪女（佩嘉）：不一定啦，我是學舞臺劇。

秀娥：舞臺，跟那個電視電影不一樣對不對？

大姪女（佩嘉）：不太一樣，有相通啦。

秀娥：喔！有相通這樣。我跟妳講，阿姨以前追星耶。

大姪女（佩嘉）：真的喔？

秀娥：追那個誰妳知道嗎？張學友！

大姪女（佩嘉）：喔！好酷喔！

秀娥：對啊，阿姨追張學友。以前還沒有發生那個九一一事件，
　　　我們一群人還買那個珍珠奶茶帶上飛機，飛去香港送給
　　　他喝欸。

大姪女（佩嘉）：真的喔！

秀娥：啊你們念那個戲劇系會不會很辛苦？

大姪女（佩嘉）：不會啦，很好玩。

秀娥：好玩是不是！很重要，喜歡就好。我跟妳講，我們臺灣
　　　教育就很奇怪，我們從小這樣比分數，比比比，比到大
　　　家都不知道自己喜歡什麼東西。妳喜歡，有興趣，就好
　　　好發展！

大姪女（佩嘉）：好，謝謝小阿姨。

秀娥：不會不會，趕快吃啦。

大姪女（佩嘉）：好，好。

小姪女（佩珊）：阿姨換妳了，妳的歌來了！

秀娥：換我了？喔，妳給我偷切歌喔？切過去這樣。

大、小姪女：哈哈哈哈哈哈哈哈。

小姪女（佩珊）：想要聽妳唱啦。

秀娥：喔，妳怎麼知道我最愛唱這首啦。（兩位姪女熱鬧地鼓掌叫好
著）（秀娥唱著）我的心裡只有你沒有他⋯⋯ 欸？

（音樂突然斷掉，大夥愣住趕緊確認狀況）

小姪女（佩珊）：不好意思，阿姨！

秀娥：佩珊，妳給我按到切歌啦。

小姪女（佩珊）：我按錯了啦，哈哈哈哈。

秀娥：妳給阿姨漏氣！（三人繼續笑著）

秀娥：我剛要展現實力的說。

小姪女（佩珊）：好啦，我再幫妳點一次。

秀娥：好，幫我點。我跟妳講，阿姨以前也有星夢耶，妳阿嬤
還有幫我報名那個雲林盃。哈哈哈哈哈，唱得很起勁這樣。

小姪女（佩珊）：好了好了，歌來了！

秀娥：喔！謝謝、謝謝！說按到切歌啦。

小姪女（佩珊）：有了、有了，歌來了。

秀娥：好好好，妳們也趕快吃。

———— 終 ————

# 參加女兒化裝舞會				
戲劇地點	秀娥家附近的河堤，一座橋墩橋下	戲劇時間	上午	
拍攝方式	一鏡到底，Digital Video Camera	排練次數	兩次	
拍攝實況	兩次完整一鏡到底拍攝。因為地點空曠沒什麼人經過，沒太多突發狀況。			

（秀娥在河堤的一座橋墩下走著，想抄小路到小女兒學校舉辦化裝舞會的地點，發現自己有點迷路了）

秀娥：碧娟，妳到了喔？啊妳有看到我女兒嗎？沒有啦，不是說辦在學校？我昨天問我們家蔡鈺庭，你們今年化妝舞會辦在哪裡，她還回我說「對，在學校」，結果我剛剛看那個活動單，辦在什麼活動中心，都沒去過。

（秀娥開始慌張地在原地繞圈，看是否有什麼地標可以問朋友碧娟）

欸……我現在在一個橋墩，我沒有走過耶，對啊。有夠麻煩的，我明年不想要來了，我要叫我老公自己去。叫蔡勇成去就好了，麻煩，還要準備一堆東西。蛤？妳要來找我嗎？好啊好啊，不然我拍照給妳看。啊，我現在要怎麼跳出去拍照啊？不然我等等打給妳，妳等我、等我。

（切斷通話後，鏡頭這時終於拍到秀娥正面，秀娥的臉和服裝都扮成哈利波特的妙麗，圍著一條圍巾、還披著一條黑色披風，手上拿一本書，上面竟然貼著妙麗和自己的照片，都是放著長捲髮的造型。她開始試著找一個角度和這附近景觀拍照，不忘將自己的整體造型也拍進去）

這樣拍好了，好！好！這樣好、這樣好，美美美。

（拍完後盡快傳給朋友碧娟，立刻又打給她）

喂，碧娟，妳看到我 Send 給妳的照片了嗎？啊哈哈哈哈哈，妳看出來了啊。我就是扮那個哈利巴特裡面的妙麗啊。我跟妳說我很用心，我還有準備那個魔法棒，我還有對著鏡子練習。這樣「溫嘎顛哩雷侯送」，對啊，「溫嘎叮……哩梨啊送」。（秀娥拿出特地買的一根像是仙女棒的鞭炮，邊走邊開心地揮舞著）

（突然有路人經過，搗著嘴覺得不可思議地看著秀娥，對到眼後，路人迅速躲開）

唉唷，天啊，有夠丟臉的，被別人看到了。喔！妳都忘記了，我們還有一起去看過第一集耶，妙麗還有她同學哈利還有榮恩啊，什麼海格？妳全家才海格啦，什麼我海格，我是妙麗！不然妳跟我說啊，妳扮誰？誰？妳又扮 Elsa？喔，你們這些人很沒創意欸，每個人都扮 Elsa 妳也扮 Elsa，就大家都在那邊 Let it go、壘哩購就好了，等一下看到十幾個 Elsa 我跟妳講，我扮妙麗比較有創意啦。啊、啊！欸，怎麼噴出來了？

（手上的鞭炮不知道是否因為摩擦，又加上當天氣溫較高所致，突然開始射出火花）

喂！喂！怎麼亂噴啊？（秀娥開始揮著、甩著手上的棒子，希望火花趕快熄滅。但遠看就像是一位不知道像不像巫師的人在施法一樣，畫面荒謬）怎麼會亂噴啊？我等一下再打給妳啦！不行啦！亂搞耶。

（秀娥開始慌亂地罵著手上的棒子，也不知道結束通話沒，應該也忘了小女兒的化妝舞會，已經快遲到了）

———終———

午後時光

戲劇地點	秀娥家附近河堤	戲劇時間	傍晚	
拍攝方式	一鏡到底，Panasonic Lumix DMC-GH5	排練次數	三次	
拍攝實況	兩次完整一鏡到底拍攝，順利完成兩次拍攝，本系列第一次用新的機器拍攝。			
拍攝實況	因為前面有一大段內心潛臺詞，因此肢體上的表演成為與導演攝影師的重要 Cue 點，排練時除了演員，身兼攝影的導演也要熟知臺詞內容，以及演員表演狀態。			

（秀娥剛剛結束快走運動，在河堤旁步道上散步著）

秀娥：（內心小劇場開始）暑假都要特別安排時間出來運動，不然都沒有自己的時間。暑假暑假，小孩最開心，媽媽最傷心，唉！明天好像要安排一下帶他們出去玩，不然姐姐和妹妹昨天都跟我說暑假作業要寫什麼出去玩的遊記……啊！我不要再想這些，等一下回去叫蔡勇成安排，不然每次都是我在想，運動要專心、專心！呼！

（內心潛臺詞繼續，開始欣賞著沿途的美景）

今天天氣好好，空氣也好好，真好。吼，還好我今天記得把頭髮綁起來，昨天有去 Siat-tooh[1]，留長之後也是滿漂亮的……（突然發現遠處的樹木，開始讚嘆）喔！這裡怎麼會有波羅蜜？那個波羅蜜長得有夠大顆，看得肚子都餓了。旁邊的草都長高了耶，我們家妹妹這半年都沒長高，好像要再給她多喝一些牛奶……喝牛奶有用嗎？算了，高矮不重要，開心就好。天啊，差一點踩到狗屎，嚇一

跳。奇怪，那個狗屎的顏色怎麼怪怪的，是不是那隻狗狗吃壞肚子嗎？也是滿可憐的，啊，我又在亂想了（突然在心中唱起歌）「失去的，我感謝天地，肯賜乎我有一個愛你的……」喔，以前的歌比較好聽。「得到的也已經真多……」[2]（電話突然響起）是誰又打來？

（秀娥不情願地從小腰包中拿出手機，接起）

喂？啊妳爸爸載妳們回來了喔？這麼快。好啦，我跟妳講喔，不要一直玩電腦玩手機，眼睛會壞掉我跟妳說。蛤？妳先去收妳和妹妹的泳衣，你們等一下不是要上游泳課嗎？好，我跟妳講，妳給媽媽一個小時，一個小時就好，我要運動，好，不要再打過來了，好掰……等等等一下，妳叫妳爸爸，把冰箱的魚拿出來退冰，對，好，掰掰。（秀娥切斷電話，沒幾秒電話又響起，她很順勢地接起）

妳是不是又要問我泳鏡放哪裡，我跟妳講過在浴室的…

（突然發現不是女兒的聲音）

喔，喔抱歉抱歉，啊，有。（秀娥開始拿起肩膀上的毛巾擦汗，有點無奈地用毛巾拍打著大腿）未來要有規劃，只怕有萬一，對……妳上禮拜有跟我講過了，對，我們都有保了。謝謝喔，平安喜樂，好……好掰掰。

（秀娥用力地按了螢幕，結束通話。她嘆了口氣，甩了一下綁著的馬尾。終於可以好好繼續運動，享受午後傍晚的時光。劃過鏡頭，出鏡）

——— 終 ———

---

[1] 意指做造型。
[2] 歌詞取自臺語經典歌曲〈我愛過〉。

老公勇成的休假日

戲劇地點	秀娥家	戲劇時間	午後	
拍攝方式	一鏡到底，Panasonic Lumix DMC-GH5	排練次數	兩次	
拍攝實況	三次完整一鏡到底拍攝。			

（一個平日下午，秀娥正在收衣服做家事，先生蔡勇成當天休假，正在客廳吃瓜子看影集。桌上放著紙摺成的小盒子裝瓜子殼，還有幾張廢紙及摺好的紙盒子散放在旁邊。）

秀娥：蔡勇成，你幫我再去房間拿幾個夾子，我曬襪子夾子不
　　　　夠了。

勇成：喔。

秀娥：吼！（秀娥從陽臺衝到客廳，手上拿著一件長褲）蔡先生！我跟
　　　　你講過幾次，你衣服丟洗衣籃的時候，拜託一下，麻煩
　　　　檢查一下口袋、口袋，很困難嗎？其他衣服都被你的衛
　　　　生紙弄到了！

勇成：啊，歹勢、歹勢，我又忘記了。（繼續看電視）

秀娥：啊你屁股是被強力膠黏住了，是不是？我剛剛是不是叫
　　　　你幫我去拿夾子……

（突然一陣小搖晃）

秀娥：等一下，地震嗎？頭怎麼暈暈的……

（地震搖得更大力、開始持續搖晃）

秀娥：欸！真的地震啦！

勇成：搖得很大欸，快跑、快跑！（勇成突然很驚慌地搶走秀娥手上的長褲舉在頭上當防護，衝到門口開鎖時，地震就停了）

勇成：怎麼會搖成這樣？（又把門鎖上，回頭，看到秀娥臉色）啊妳都不會怕喔？

秀娥：你拿那件褲子要幹嘛？

勇成：保護頭部啊，以防東西掉下來。

秀娥：如果真的大東西掉下來，我看你這樣還能不能當保護啦，跑第一欸，什麼時候動作變那麼快，我叫你拿個夾子有那麼快就好了，竟然跑得比你老婆還前面，我歹命喔。我自己去拿夾子，你 line 宜玲他們班的家長群組，問班導芝琦老師學校那邊有沒有怎麼樣。

勇成：哪個群組？

秀娥：我上次不是叫你加進去，你到現在都還沒加？

勇成：喔喔喔，妳說芝琦老師創的那個家長群組喔？（拿起手機準備打開 line）

秀娥：對啦！你問芝琦老師，我來問妹妹他們老師。（邊確認各個角落有沒有東西掉落或移動）

勇成：（又放下手機關注影集，繼續嗑瓜子）欸那個芝琦班導，上次去接姐姐的時候有看到她，好年輕喔，現在老師都這麼年輕？

秀娥：蔡先生，那個是重點嗎？啊你那些紙盒子快點摺好啦，

是要摺到明年喔？放在桌上很亂欸，吼，「生雞卵無，放雞屎有¹」。你一直抱著褲子幹嘛，你要自己處理那些衛生紙屑屑是不是？給我！（搶走後，又往裡面走，突然又探出頭）蔡先生！

勇成：嗯？

秀娥：（拍牆壁氣憤地說）群組、群組！問老師！

勇成：啊啊啊，對吼……

秀娥：吼！我實在是被你打敗欸！（崩潰大吼，走回陽臺）

——終——

---

¹生雞卵無，放雞屎有：臺語，意指「人只會惹事生非。」

和好友遛狗

戲劇地點	秀娥好友麗英她家附近的山間步道	戲劇時間	傍晚	
拍攝方式	一鏡到底，Panasonic Lumix DMC-GH5	排練次數	四次	
拍攝實況	三次完整一鏡到底拍攝。第二次拍攝剛好遇到人群上山，中斷了拍攝而重新開始。第三次拍攝時遇到陌生人也牽著狗上山，一起參與演出拍攝的兩隻狗狗很乖地在最後一刻才吠叫，讓我們又驚又喜，好像牠們也知道我們在拍攝一樣。			
特別備註	因為有兩隻狗狗一起演出，因此旁邊人事物的動靜都有可能讓狗狗分心而產生任何反應，這也是首次和兩隻真實的狗狗一起拍攝。另外山路不寬且彎曲，排練較多次也是為了讓攝影師兼導演能夠熟悉路線，因為從頭到尾他都是倒著走，非常不容易。			

（秀娥與好友麗英一起去她家附近步道踏青，麗英帶著家中的寶貝狗虎咩一起出門）

麗英：最近你們家小孩也都開學了吼？

秀娥：對阿，回家還是一直要提醒他們勤洗手。妳現在很享受，兩個小孩都大了在外面念書。

麗英：唉唷，你們家也很快啦。

秀娥：哪有，最近我們家那個妹妹蔡鈺庭，不知道是像到誰，現在還是有夠愛哭，又很活潑，一直被老師寫聯絡簿說上課愛講話，但是我們妹妹體育真的滿好的，想說有興趣好好培養也是不錯。現在回來一直用我們手機玩那個什麼《極速領域》[1]，我就跟她講說妳不要一直玩，像我

們以前哪有什麼手機電腦這麼方便。

麗英：我們老二是一直跟我們講什麼《第五人格》[2] 很好玩，我
　　　老公竟然還跟著玩。

秀娥：哈哈哈哈，怎麼這麼可愛。喔，一直過敏，最近天氣一
　　　直變來變去，真的有感覺春天來了。

麗英：（唱）春神來了……

秀娥、麗英：（唱）怎知道，梅花黃鶯報到……

秀娥：不是，是秀娥麗英報到，哈哈哈哈哈。（兩人大笑）你們
　　　這隻寶貝年紀也大了耶，虎咩真的好親人喔，另外一隻
　　　叫酷羅吼？

麗英：不是酷羅啦，妳是《魔法阿嬤》[3] 看太多，我們那隻叫
　　　Solo 啦，兩隻剛好是 So 咩，Soulmate，靈魂伴侶的感覺。

秀娥：有夠會取名，妳跟妳老公有夠浪漫。等一下，這是哪？

麗英：之前好像沒有走過這邊耶。

秀娥：唉唷，慘了，剛剛唱歌唱到太開心卻迷路了。啊，差一
　　　點跌倒。

麗英：小心小心。（拿出手機看）奇怪，地圖的定位也跑來跑去，
　　　不確定在哪個方位耶。

秀娥：那邊好像有路，往那邊看看好了。（秀娥先衝在前頭）

麗英：虎咩，不要緊張吼，走，我們去那邊。

秀娥：麗英，麗英！妳看這邊！

麗英：好啦，跑那麼快幹嘛。

（麗英追上秀娥，兩人都望著美景，靜默了幾秒鐘。）

秀娥：很美耶。

麗英：嗯。

秀娥：妳不覺得人生有時候也是這樣，不小心多走一些路也沒
　　　　什麼不好，重點是過程。

麗英：對阿，我們以前的教育讓我們太重視結果了啦，反而過程
　　　　中那些當下最珍貴，重點是我們有沒有在過程中學到什麼。

秀娥：對，還是有沒有多認識自己一點，不要跟人家比，跟自
　　　　己比就好。我們瑜珈老師說要回到內在，好像是耶。而
　　　　且死了之後，什麼也帶不走。

麗英：對啊……欸，啊妳在哭喔？

秀娥：唉唷，誰知道會看到這麼漂亮的風景，年紀大了愈來愈
　　　　感性。

麗英：吼！妳剛剛喊成那樣，我和我們虎咩都被妳弄到緊張死。
　　　　你們蔡鈺庭這麼活潑就是像到妳啦，而且一樣愛哭！

秀娥：我也這麼覺得，只是剛剛不好意思承認……

麗英：啊！等一下，路在那邊啦！

秀娥：真的欸！

（兩人大笑，繼續閒聊，跟狗狗互動，畫面淡出結束）

———— 終 ————

¹《極速領域》：網路遊戲，是一款包含經典賽車競速與道具賽等模式的賽車遊戲。

²《第五人格》：是一款網易遊戲發行的多人非對稱競技恐怖類手機遊戲。

³《魔法阿嬤》：一九九八年上映的臺灣動畫電影。

我娘與我，有借有還

煲愛日記

親愛的阿母

　　寫這封信的時候，很奇妙也有點害羞。與你們相處時，依舊有分悶騷，或許是身為老大兒子，長久以來的ㄍㄧㄥ仍然在骨子裡。每次與你們吃飯，或難得回去，你們總是特地安排行程一起出去踏青，其實很開心也覺得溫暖，卻不容易表現出情緒，我想妳一定知道吧。

　　不知道妳還記不記得，在我和妹妹還小時，有段時間妳在高職念夜校，每次到莿桐阿公阿嬤老家接我們回家後，時間都晚了，洗完澡，妳繼續在床邊翻著筆記、看著書，學習課業。一直沒有說過，那些夜晚，妳的背影對我影響很大。十八歲離家念大學後，無論碰到大小煩心的事，總會想起妳的背影，當時妳那麼忙，帶著我們為了生活大小事奔波，還堅持完成孩時無法好好念書的夢想，其他的事能有什麼困難的。

　　我想跟妳分享，從沒對妳說出口的小祕密，也想知道那些日子，妳有沒有什麼祕密，不如來交換一下吧。

愛妳的兒子 又仁

2019.10.11 18:31

我的寶貝兒子 ————

　　小時候的你是個天真又貼心的小孩，而我很清楚你的個性，跟你有衝突或吵架，一點都不擔心，我很有自信，你不用十分鐘就會來跟我道歉或撒嬌認錯，到高中都是如此。這祕密一直放在我心裡，不曾講出來。

　　說起念高職夜校那一段時間，確實很辛苦，白天忙於美髮工作兼帶兩個小孩，到了傍晚趕緊收拾好工具和清潔工作，載著你和妹妹出門往阿嬤家再轉往學校，日復一日……碰上段考或期末考試，熬夜看書到淩晨，一方面做個好榜樣，二方面是好不容易爭取到再念書的機會，我特別珍惜，再辛苦都甘之如飴。

　　藉由這次和你交換日記，透露出我的祕密和心裡話，有種舒坦的感覺……很棒！

　　愛你 ♥

愛你的媽咪

2019.10.11 23:35

親愛的阿母 ───────

　　天啊！妳真的很瞭解我。想到國中進入叛逆期，曾和阿爸吵到把自己關在房間一整天不吃飯，妳那時候一定很難過。

　　大概到二十歲，在臺北邊跑演出邊讀書的那段日子，突然意識到，我們國小國中時，你們也才三十幾歲耶，覺得很不容易之外，我發現妳一定也是一路學著怎麼當媽媽的吧？而且身邊有各種聲音，告訴你們如何對小孩比較好，甚至各種意見，就像我也曾怨過幹嘛讓我念私立中學之類的……長大之後想想，當下你們應該單純是為了我好吧？滿想知道，哪個年紀的我，曾經讓妳覺得特別辛苦或難忘的？

愛妳的兒子
2019.10.12 23:12

寶貝兒子

　　國中時期的你個性變得易怒，和爸爸或我說不到幾句話就開始不耐煩，當時你和爸爸有衝突時，兩個人對話的聲音，連隔壁鄰居都聽得到，父子像仇人似的互瞪對方，緊握拳頭，吼……常常害我不知所措。擔心你和爸爸的感情不好，擔心你不用功成績落後會影響高中直升，最擔心的是你說你可能是同性戀……天啊！從那之後我常在心中祈求菩薩，跟菩薩說：「你不是同性戀，求上天不要給我和爸爸這麼難的課題。」哈哈……還是真的碰到了……不過看到你現在過得幸福都值得了。我不知道是太想念你和妹妹，現在經常夢到你們小時候的樣子，都是幼稚園和小學時期的你們。

　　小學之前的你是樂觀愛笑的小男生，每當放學去學校接你時，遠遠就看到一個長得肉肉的小男孩滿臉笑容地跑過來，叫著媽咪，一上車劈哩啪啦說個不停，說著今天在學校裡發生的大小事情，我也很享受被重視的感覺呢。

　　印象深刻的是你國小五年級吧！某天我坐在客廳的沙發上看電視，你突然跑來抱著我說：「媽咪，我好久沒抱妳了。」我回說：「你都五年級還這樣，不會不好意思哦！」你卻說：「我好愛媽咪，我就想抱妳一下嘛！」只想跟你說，我當時心裡好甜蜜啊！

　　難忘童年肉肉的你，難忘童年樂觀且笑點很低的你……難忘呀！

愛你的媽咪

2019.10.13 23:36

親愛的阿母

　　看妳提到這些，好多畫面湧上腦海啊。突然覺得當時好缺乏溝通，無論是跟妳或是阿爸，就像當時我無法如實告訴你們，在國中時期碰到的困頓與壓力，甚至在自我摸索階段的無助，那是一種想達到你們期望又伴著各種生理心理變化上的無助，演變成了許多行為上的反撲。你們一時也無法像現在這樣，如同朋友般地與我對話，導致累積了許多誤會。

　　妳說過，我們都在互相學習和成長。我也很開心，長大以後我選擇跨出那一步，和你們說開。想想你們那一代的成長方式與我們確實有太多不同，這些差異所摩擦出的各種問題，真的需要在過程中不斷地對話。

　　我也發現，真的好久沒叫妳「媽咪」啊，我好喜歡到高中後，和佳吟一樣很愛躺在妳的雙腿上，給妳挖耳屎，哈。

　　現在這樣很棒，每次看著妳和爸一樣很有力氣地吵嘴，但是愉快健康，就替你們開心。我也好想問妳，如果不管成長環境中的各種限制，或是他人眼光，妳是否曾經有什麼很想完成的事，或是夢想？

愛妳的兒子

2019.10.15 17:11

寶貝兒子

　　你問我有無曾經被限制過想做的事，當然有啊！小時候我在家中排行老大又是女孩子，那是很重男輕女的年代，照顧好弟弟妹妹和家務事都是長女的責任，和弟妹吵架時不問對錯，我總是第一個被修理的。心裡的不平衡一定有的，不過這都算小事，最難過的是我阿母你外婆反對我繼續升學，因為我阿母極度聽從我外婆的話，外婆說女孩子書不必念太多啦！趕緊出社會工作幫忙賺錢分擔家計比較重要。所以就斷送了我想念完高中，繼續考警專或體專的夢想。

　　警專是放在第二順位的，最嚮往的是成為體育老師，原因是受我國中的女體育老師影響。她是認真用心的好老師，也帶領田徑校隊做練習和比賽，她看好我也鼓勵我考體專，將來能當一位體育老師。因為阿母的反對，我的體育老師夢沒了。人生總會有些遺憾，不可能事事順自己的意，到了中年，很多事都慢慢釋懷了，雖有遺憾但也不重要了。現在只想把握當下，想做什麼、想學什麼就盡量去做吧！兒子，我現在正在做瑜珈和重訓，假日打工可以多與人群互動，與客人應對，很充實也很快樂。我和爸爸會照顧好自己，讓你和妹妹沒有後顧之憂，你們可以為自己的工作和事業好好地衝刺！祝福你們。

　　兒子，有你真好，謝謝你……好愛你 ♥ ♥

愛你的媽咪

2019.10.16 1:11

親愛的媽咪

　　原來妳曾夢想當體育老師？！超級無敵適合啊。看到妳在運動上繼續學習和精進，真的好替妳開心，而且警專這個答案我也好意外。認真覺得妹妹佳吟的運動細胞從小就那麼好，應該有遺傳到妳，記得小時候打躲避球，男女同學都超怕她的球。我也記得國小時，有天跟鄰居小孩們玩躲避球，妳和阿爸曾經加入一起玩，永遠無法忘記妳丟出的那球扎扎實實打在我手臂上，當下想說妳如果發揮實力還得了，哈哈哈哈。

　　剛結束一所大學的演講回到家，每次演講我都會提到，從劇場跨到短片創作，都是以女性角色為主，因為從小到大，身邊好多女性人物對我的影響確實很大，影響到我的長成，無論是觀念上、日後的創作靈感等等。同學們聽到我說這段話，都會很可愛地回我說：「對耶！」尤其是秀娥，就是我跟妳之間最大的連結。

　　每次回雲林還是能從許多細節中發現，妳和阿爸年紀越來越大了，但只要你們平安快樂，我和妹妹也會好開心。可以這樣交換文字真好，畢竟有些話在碰面時，無法這麼直接劈哩啪啦，也是會害羞，哈。

　　妳最近過得還好嗎？有沒有什麼事想跟我說？再幾天就是妳的生日了耶，天秤美魔女！

愛妳的兒子

2019.10.16 20:14

寶貝兒子

　　我滿慶幸自己的運動細胞不錯，讓我在體育課程得到很多優勢，球類更是我的最愛，如排球，桌球，巧固球等等都是，也參加過校隊代表學校出去比賽，得到好名次呢！

　　躲避球更讓我在國三時，變成學校的風雲人物哪。在全年級躲避球比賽裡，我是班上的主攻手，打中率幾乎百分之百，連自己都覺得神奇，甚至有一班的學妹在比賽前，先跑過來說：「學姐等一下比賽時，請妳高抬貴手打輕一點喔！」唉呀！我都不好意思了。謝謝你勾起我的這段美好回憶。兒子，你創作的「秀娥」，將地方媽媽的口語、動作那一種俗擱有力的特色呈現得很到位，當你媽媽的我，有時候也會被朋友開玩笑，直接叫我秀娥的媽媽……哈哈哈。

　　真的耶！生日快到了，時間過好快，咻，又一年了，我的生日願望是希望全家人身體健康，平安，喜樂！我現在過得很好，爸爸很幫忙家事，每天時間安排得很緊湊、過得很充實，只希望你和妹妹有空多回來陪我和爸爸就好。

　　兒子，媽咪有件事要請幫忙，獨立認真打拚的你，生活漸漸穩定了，以後也請多關照妹妹，沒錯，她以後可能會嫁人，但是多個哥哥罩著多一分安全感，我比較放心啦！拜託你了……謝謝囉！愛你！

愛你的媽咪

2019.10.17 18:06

親愛的媽咪

　　抱歉昨天較忙，晚了一天回覆。

　　看到妳和阿爸現在依然把生活過得很好，覺得很棒。妳知道嗎？國小有陣子我常常夢到妳跟阿爸吵到離家出走，那時很害怕你們吵架，只要你們為了生活大小事爭執，我就會做關於分離的夢。

　　上次返家，妳又帶我去古坑的巴登咖啡，小時候常跟你們去爬旁邊的荷苞山，下了山就到附近的地母廟拜拜，接著去喝杯咖啡。很懷念當時每到週末都會一起去爬山，妹妹還小的時候會亂跑去躲起來，有次大家又在找她，我總是能猜到她跑去哪玩了，你們笑著說我最瞭解她。現在我也還在努力，無論是生活或事業，但是妳也放心，身為哥哥，我會一直罩著妹妹的。但我和妹妹在臺北的十幾年，是互相照應、互相學習的，哪天她嫁人了，我也會哭吧，哈。

　　對了阿母，當初阿爸追妳的時候，妳曾拒絕，是他堅持不懈才終於追到，還有他第一次約會帶妳去公園餵蚊子的過往，哈哈哈哈，好想知道他是哪一點打動妳，還有公園那天晚上的細節啊。

愛妳的兒子

108.10.19 21:43

親愛的涂寶

涂寶，涂寶，涂家的寶貝！媽咪最喜歡這樣叫你了。

對於爸媽因為家中大小事而爭吵，造成你小小心靈缺乏安全感，導致常做惡夢，媽咪感到非常愧疚，請原諒我年輕個性好強，以理直氣壯的心態在處理事情，疏忽你和妹妹的感受，現在得知你那時心裡的恐懼，我好難過，再次向你說對不起。

關於你爸爸追我的故事有點長。我們是由我同事也是爸爸童年玩伴的妹妹所介紹，剛認識爸爸時，我才二十歲，只想當一般朋友先交往就好。沒多久，我請同事幫我回絕，第一次交往就告吹了。哪知姻緣天註定，經過兩年，因為共同朋友又撮合我們再次交往，好不容易再有這次機會，爸爸當然更積極囉！死纏爛打，加上我開美髮店時，他常來店裡幫忙清潔工作、採買日用品，漸漸讓我感受到他的體貼和用心，在他多次求婚下，我也就點頭答應了。

在公園養蚊子那事，是我和爸爸剛認識的第一次約會，講好請我吃牛排，他來接我一起散步過去，經過牛排店門口時沒有停下，我心裡納悶但也就跟著他，走了一會兒，他說先去公園聊天吧！公園很暗沒什麼人，蚊子卻一堆，坐了一會兒直到我說蚊了很多、想要離開，他才不好意思地答應，結果帶我去吃路邊攤，難怪第一次交往會被我 Fire 掉啦！時間很晚了……晚安 ♥

愛你的媽咪

2019.10.20 13:13

親愛的媽咪

　　今天是妳二十八歲生日，我今年都要三十了，妳是永遠二八，表示我年紀比妳大了，哈。送上一張畫，那張好像是幾年前還在經營髮廊的照片，依然放在臉書的大頭照，我就速寫下來送妳。

　　妳和阿爸的互動太可愛，原來當時妳沒有這麼快想論及婚嫁，想必是想了許久，加上阿爸的攻勢，哈哈哈哈哈。越大越覺得所謂的「隨順」滿有道理的，許多事情冥冥之中自有安排，只是會有好幾種版本，取決於我們常常在做的每個「選擇」。既然選了也沒有什麼後悔，因為我們回不去，也不會知道未來，過好每個當下，才是最重要的。

　　我突然想到一件事耶，小時候有個大雨的晚上，還睡在你們旁邊的小小年紀，睡前一直聽到有兩個人在唱戲，一男一女互相唱和著。現在回想起來還是未解，到底是自己多心，還是真有聽見。也記得妳說過，我還很小的時候，妳忙著幫客人做頭髮，我就愛抱著餅乾，坐在一旁沙發上看著電視中的戲曲演出，根本不懂卻還是看得津津有味，好像冥冥中對戲特別有感應。

　　妳還記得那個下大雨的晚上嗎？我當時好像還有問妳：有沒有聽到？不知道為什麼，很久以前發生的許多事，我都還記得。

　　希望妳喜歡這張畫，生日快樂！

愛妳的兒子

2019.10.21 13:05

親愛的涂寶

　　謝謝你的祝福，也謝謝你的畫！畫得太神似了，好美，我好喜歡！今天生日收到你的畫和祝福，加上妹妹回來陪我吃生日大餐，你知道嗎……當我從餐廳走出來時，看著天空心裡想著；我好幸福啊！

　　你問到還睡在我們身邊時候的事，那時才三歲吧！我回想許久，沒這個印象啊！也許是你那時開始愛看國劇的關係。每天早上吃完早餐就說：媽咪我要看咚咚綵，真驚訝這麼小會看得懂哦！你童言童語說很好看、我愛看。乖乖坐沙發上等我開電視後，聚精會神地看完，或許是太熱愛國劇使你產生的錯覺吧！

　　在你看國劇的過程，發生過一件讓我難忘的趣事。某天早上我在幫客人做頭髮，你照常坐沙發上邊看國劇邊吃餅乾，我跟客人聊天，有時會看顧你一下，突然看你嘴嚼餅乾卻在打瞌睡，明明睡著卻捨不得餅乾沒吃完，邊睡邊嚼，嚼完還能伸手再拿一塊起來吃，可愛模樣讓我和客人笑了好久。等到餅乾吃完，帶著睡意跟媽咪說餅乾沒了，我將你的手擦乾淨，問你要不要睡覺，你說劇還沒演完，我說先睡吧！你才甘心躺下來。

　　今天一切都很美好，我的心情也很美麗！生日願望……願我們全家人，身體健康，開心每一天。

愛你的媽咪
2019.10.21 23:08

親愛的媽咪

　　抱歉隔了一陣子才回覆，這幾天忙著排練舞臺劇，準備角色功課，戲要加演了。一直覺得我和妳之間有種奇妙的連結，就像妳生日那天，我整日心情和狀態也都非常好，好像可以連結到妳的愉悅似的。

　　有次回老家，跟妳和阿爸吃飯，聊到兩年前有陣子在整理自己的狀態，那時在工作與生活之間失衡，雖然分隔兩地，妳說可以感覺到我的不適，即使只有一點跡象，妳似乎都能察覺到。小時候吵架時，妳總會氣著說：「你們在想什麼我都知道。」以前都默默地想「怎麼可能，妳不懂」。後來越大，我開始可以理解那種「懂」的感覺，更像是一種連結，不需要多做說明的那種「懂」。

　　最近跟高中同學見面，一位是已經身為人母的漫畫家，一位是住附近的牙醫。雖然那頓晚餐約在天母的一家餐廳，當下我們都覺得像回到高三時，一起在畢聯會籌備畢業典禮的時光。當時被問到未來想做的事，經歷了好多質疑，也有人直接當面對我們說「不可能」，回想起來，真是為自己的倔強感到值得。我們開心聊著當時彼此的夢想，現在真的都在各自的路上了，雖然還有好多想改變、想更往前的部分，也有太多酸甜苦辣，但在路上持續前進的感覺很好。

　　阿母，妳在求學過程中，有沒有哪些重要的夥伴？或是哪段歷程至今讓妳難忘？

愛妳的涂寶

2019.10.26 00:01

親愛的涂寶寶 ————————

　　忙是好事啊，生活過得也充實。這兩天我也因為打工，忙得沒空寫日記。

　　很替你和你的兩位高中同學開心，依照自己的規劃走，實現夢想很不簡單，祝福你們繼續發揮專長服務人群，為社會奉獻。

　　求學過程中，必定有要好的同學和難忘的經歷。就說念高職夜校經歷過的其中一事吧！高二時，學校舉辦全校模範生選拔，我代表我們班，過程中請班上兩位要好的姐姐幫忙，年輕無知，不懂處事要取得平衡而得罪一方，我也在班上老師和同學面前痛哭，造成場面尷尬。還好在投票前，那位姐姐不計前嫌，盡心盡力和同學一起幫忙到各班拉票，最後得到全校第二高票，沒讓大家失望。發生這一件事以後，我領悟到與人相處，不能只顧自己的得失，而忽略他人感受，讓別人受傷，還好事情過後，我們恢復了感情甚至更好；很感謝這位姐姐，也是我的貴人。

　　時間很晚了……晚安囉！

愛你的媽咪

2019.10.28 01:24

親愛的媽咪

　　在求學階段，很常發生類似的事情，出社會後，在外與人工作更是，有時可能各自無意，卻都會不小心傷害彼此，很多煩惱和問題，永遠都跟「人」有關。

　　剛上大學時，多了很多和自己相處的時光，發覺滿喜歡一個人吃飯、一個人窩在圖書館……也突然理解到朋友不用多，要好的、懂你的，幾個就夠了。尤其在觀光系大二上學期休學時，準備轉考戲劇系並且到高雄排練演出的那年，經歷到一些同學或學長姐的不諒解。我可以理解他們當時把社團看得很重要，寄予許多希望在我身上，像是交接、接幹部等等，但是對當時的我來說，卻是思考下一步的人生去向和抉擇，即使表達了休學後想專心在戲劇這條路的決心和原因，還是有人不諒解也曾酸言酸語。當時承受那些言語，理性地知道，他們可能無法瞭解這個重大決定對我的重要性及壓力。當初不想讓你們多擔心，現在好像到了另外一個階段了，也覺得你們一定會想多知道我在做什麼、碰到什麼事，心情如何吧。

　　很喜歡聽妳跟我說些近況，聽到妳跟哪個好友去玩，或者家裡發生什麼事，從中知道妳怎麼面對，有什麼反應，我就會有種更瞭解妳的感覺。我也很想知道，外婆對妳來說是怎樣的一位媽媽？在妳的成長階段當中，彼此曾發生哪些讓妳深刻的事件嗎？

愛妳的涂寶

2019.10.30 00:53

親愛的涂寶

　　你們剛上大學時，才離家第一天，每當經過你和妹妹的房間，心就酸，默默流眼淚，心裡有擔心有想念，經過幾天心情平復，思考這是必經過程，孩子長大是讓他們展翅高飛，朝另一個階段的學習。

　　你和妹妹念書和工作一直在北部，後來你們相繼畢業，留在臺北奮鬥，這兩年工作生活稍穩定，現今偶爾上臺北你會精心先找好餐廳邊吃好料邊聊天，聊爸爸和我的近況或是你又接到那些新演出、新拍影片……真的很少聊到你經歷的挫折與難過的事情，卻是透過日記，才知道你大學時期遭遇了很多委屈，我真的很不捨。但以另一個角度想，這些經歷也是使你更堅強茁壯的養分，往後遇到困境也會更有智慧去應對。

　　我媽媽是一位獨立堅強不服輸且個性強勢的女人，從十三歲就得跟我外婆到處打零工，從一大早出門做到摸黑回家，堅強應該是這樣磨練來的。小時候媽媽忙家務，農務及和我爸做零工，累時或心情煩時愛嘮叨，和我爸常因一句話不合就吵架、打架都算家常便飯。直到我和舅舅、阿姨大了，狀況才有改善。

　　懂事以來，就知道我媽媽很辛苦，因為阿公是老么，個性依賴沒主見，凡事都是我媽在決定，包括不讓我升學的事，讓我一直無法諒解，除此之外，還滿心疼她的。結婚之後，當你和妹妹都大一點時，有段時間對我媽對待我和弟弟妹妹有差別待遇很不平衡，某一天她打電話來忘了講什麼事，我情緒爆發將心裡所有的不滿全說

出來，我媽也生氣地否認。過了一段時間我想開了，計較什麼？都是最親的家人，愛誰多誰少還是愛我呀！

　　現在只覺得爸媽老了，重要的是關心他們，陪伴他們。從小到現在我媽媽是家裡最重要的支柱，感謝她將我們家照顧如此得好。只想跟她說：媽、有您真好！愛您！

愛你的媽咪

2019.11.2 01:00

親愛的媽咪

　　外婆真的堅強又充滿活力，到現在還是常常自己搬運金香行的貨品，除了佩服，也真心希望她好好享福，別再放不下店了。外婆對我的影響也好大，回想起來，那些住在外婆家幫忙顧店的回憶依然清晰，還有她那富有充沛感染力的性格。

　　原來妳也曾經向外婆說出這些心裡話。這幾天恰巧跟朋友聊到關於身為老大的「宿命」，例如大的得讓小的、對於父母總是比較疼小的、身為老大就應該如何如何……記得有次妹妹搶走我的襪子，當下試著拿回，她咬了我的手臂還說那是她的。妳一邊忙客人沒注意事情發生經過，我就先挨棍子了。等妳釐清之後，趕快安撫我，我還委屈地哭著，哈。剛想到，妳和外婆都是家中孩子中的老大，甚至是女生，在那個重男輕女的年代下，一定更不好受吧。我也曾因為阿爸比較疼妹妹，很長的時間感到不平衡，即使他沒意識到，但我從小就非常敏感，總會放大許多阿爸的行為。

　　我跟幾個好友總愛聊小時候的事情，才發現許多人未必能像我們家這樣，將許多事情攤開來聊。我常跟他們說，如果想打開一些過往的「結」，爸媽如果被動，我們真的得主動找方式，因為我似乎可以理解你們那一代，或許是家庭教育或社會環境，讓你們較為含蓄，表達愛、表達想法的方式也較委婉，對吧？

　　此外是我已經開始釋懷，我這大男孩身上有股莫名的「母性」。無論在各求學階段，甚至十幾年前剛在劇團訓練，在團體中只要熟

悉了，我很常被推為領導者，甚至當兵時，同袍們很愛玩笑地叫我媽媽。那時被選作管理幹部，每次出團演出都要幫他們安排行程，平常在辦公室也要顧及他們的生活、環境整潔，甚至幫忙解決感情上的疑難雜症，替他們分擔情緒。

小時候曾經好希望有個哥哥能夠照顧我，剛開始談戀愛後，也會希望對方是可以讓我依賴的。但事與願違，我好像就是有一分任務。無論那分「母性」是先天還是後天培養的，在在提醒我要好好運用，就像擁抱一分獨特的特質，當我開始擁抱它之後，可以發現我也受到好多人的愛（後天的影響，大概就是妳還有外婆吧。妳每次自嘲說自己和外婆真的好像，總是覺得很可愛）。

我想到妳說的，對啊，計較什麼？人的一生不長也不短，離開後就真的什麼也帶不走啊，重點是好好珍惜身邊愛的人們，享受每個當下。

媽咪，問一個無厘頭的問題，如果可以選，妳會想再當「老大」嗎？

愛妳的涂寶

2019.11.04 00:20

親愛的涂寶

　　小時候你和妹妹吵架時，依我的處理方式是不會要你讓妹妹的，襪子那件事可能是當時在忙客人，你們在旁邊吵鬧，使我覺得你不懂事，讓我無法專心。身為老大的我是歷經大讓小不公平待遇的過來人，不願相同情況發生在你身上的。我也清楚你老妹個性霸道，更必須公平處理才能磨掉她的霸氣。她曾經跟我抱怨我比較疼哥哥呐！你認為呢……哈哈！

　　你真的很像我啊！連我朋友都這樣說，她們指的是外貌，但我認為很多方面都像。比如將時間倒轉回你國高中時期，在你教妹妹功課而她不懂時、或是你們爭吵時，你責備她的語氣表情像極了媽咪，我漸漸明白我影響你很大，而後時時提醒自己要以身作則，做好言教身教，如今看你們兄妹品格端正，待人處事和善，人緣佳，我很開心也放心。

　　我們那年代身為老大承擔多責任大還要當好榜樣，真是吃力不討好，累呀！年幼時常常抱怨為何當老大，看弟妹當小的多輕鬆。長大以後世事經歷多了，領悟了從小到大種種的磨練會成就自己獨立、懂事，遇上困難勇於面對，凡是對人對事以正向樂觀看待。雖是如此，可以選擇的話，我是不想當老大的……涂寶，你呢？

愛你的媽咪

2019.11.5 21:46

親愛的媽咪

　　我曾經跟一位媽媽也是天秤座的好友聊到，天秤媽生氣起來總會說出超多尖銳不饒人的話，在氣頭上總是帶著一股「我沒有要輸」的氣勢，氣消了之後就趕快收回剛才說的話，發現已經傷到人，趕快搶救對方受傷的心靈，哈哈哈哈。但說起來，對小孩真的滿公平公正的。我是不知道妳有沒有像妹妹說的偏心我啦，但可能我比較會跟妳說心事，妹妹在胡鬧時也會幫妳管她倒是真的，哈。

　　如果能夠重新選擇要不要當老大？十年前的我是拒絕的，但現在的我，答案是「要」。以前總覺得為什麼要當衝在前面的人？為什麼沒人可以參考，讓我更安心地往前？這些年漸漸發現，可能也是一種禮物吧。我發現「急性子」的特性像妳，對時間也有自己的潔癖。大概二十出頭歲時，跟朋友約吃飯，對方遲到我都會很生氣，現在改了一點，但對自己的要求還是不放過，即使提早一點到附近晃晃走走，把握時間跟自己相處都好。這分急性子讓我在做決定上還算果斷，但也會突然回頭發現多繞了一點路。但我在很早的時候就告訴自己，沒有什麼好後悔的，既然做了決定，就要好好承擔，做好來。

　　這些性格可能跟身為老大也有關係，從小訓練出一種「只要努力做好準備，就沒什麼好怕」的衝勁（可能小時候就發現我不是一個可以靠運氣，也沒有偏財運的人吧 XD），即使多繞了點路，好像也莫名累積好多經驗和解決問題的方法，人脈多了一些，學會的

事情也多了些。

　　人就是這麼奇怪，不喜歡的總是得經歷一回，有些不喜歡久了以後，發現也挺適合自己的。像是有些食物以前很討厭，過了幾年再吃到，發現也沒那麼糟啊，甚至開始喜歡了。這應該就是如果能夠重新選擇，現在的我還是願意當老大的原因。

　　媽咪，妳還記得三十歲的妳，是怎麼樣的心境和狀態嗎？那時的妳和現在的妳，有沒有特別不同的地方？有時還是覺得不可思議，三十歲的妳已經有了我和妹妹這兩個小孩，而彈指間，我也三開頭了。

愛妳的兒子

2019.11.08 00:19

親愛的涂寶

　　對於身為老大這事，之所以選擇不願再當，我想再補充幾件，在成長過程中經歷痛的回憶……記得在我國小三四年級時，某天晚上洗澡發現身體出現一顆顆小小的水泡，我阿公判斷是皮蛇（帶狀皰疹），隔天他帶我去就醫，第二、三天晚上大發作，皮蛇屬神經病毒，導致神經抽痛至極的兩個晚上，我翻來覆去一直哭，喊著隔壁房的媽媽，喊累了才不知不覺地睡著。連續兩晚我媽媽或爸爸完全沒來看我、安撫我，難過地心想自己是不是他們親生的。另外在我國中二年級某天放學，冒著下雨騎腳踏車衝回家，半路經過一條橫過馬路的鐵軌，整個人打滑重摔，左側手腳擦傷破皮，忍著痛騎回家，換上乾淨衣服躺在床上睡著了！來不及煮晚餐，我媽回家知道我受傷卻沒有過問，只是不高興地罵：回來為什麼不煮飯？身為老大的我，心裡傷痕太多太深，深刻到讓我拒絕再當老大。講了這些，兒子你應該理解了吧！

　　三十歲……哇！好年輕的時候已經有兩個娃，天秤座的我愛打扮，雖帶兩個小屁孩還能保持光鮮亮麗，除了個性外剛內柔，對老公小孩很強勢嚴格，急性子的我很要求效率。兒子你個性像我，做事我能放心，至於你老爸和妹妹，哈……時常要幫他們拴緊螺絲，搞得雙方都累。那年紀的我重心擺在家庭，一心只想好好教導你和妹妹，兼職做美髮增加收入，當你們的教育基金，放假全家一起出遊多出去接觸大自然，開闊視野。朋友不喜歡太多，要交際嫌麻煩，

加上我有交友潔癖，認為朋友不用多，聊得來不耍心機最重要，這是三十歲時的心態。

　　現在的我喜愛凡事簡單平淡，結交志同道合的朋友，一起運動健身或和爸爸去爬山，偶爾相約聚餐或參加活動。另外也要抽空回大美或永光，陪阿嬤和外公外婆聊聊天，珍惜與他們相處的時光。兩種年齡在心境上的最大不同是，現在的我懂得放慢腳步，對人對事學會用更多不同角度去設想，不再只用單一方式解決。隨著時間歷練，我願意學習讓自己變得更好、更不同，我們一起加油吧！

愛你的媽咪

2019.11.10 18:50

親愛的媽咪

　　天啊天啊，完全可以感受到妳在這樣的童年歷程後，不想再當老大的心情，那些酸酸、辣辣的過往。另一件事也讓我心驚了一下，是關於三十歲的妳面對交友的態度，我也覺得朋友幾個就夠了，或許因為曾在團體中受傷過吧，對人的「信任」在曾經失去後仍得漸漸拾起。這也曾影響我的工作，有段時間很愛什麼都攬在身上，有時快喘不過氣了，依然害怕放手交給夥伴，後來才慢慢改善。

　　而在生活步調上，這兩年也學習到「放慢」的重要（可惡，急性子果然受妳影響很深，哈）。二十歲生日過後，有一陣子很好奇三十歲的自己會是什麼模樣，就像小時候總會想快快長大，長大後才發現，保有那分純粹是多麼幸福的一件事。現在終於面臨三開頭，突然有種更想好好過每一天的感覺，回頭整理自己一番，謝謝過去的自己領著我來到當下。很感謝和妳與阿爸一起往前，過去的傷痕也都一起面對和修復，我也沒有感受到所謂三十歲的社會或家庭壓力，畢竟我從不覺得這些數字該帶來什麼壓迫或警示。

　　妳這天秤媽讓我佩服的其中一件事，就是辛苦帶著兩個小孩，還能如此美麗啊。如果現在的我跟當時的妳一樣，有了小孩會是什麼樣子？身邊有許多各求學階段的同學當爸當媽了，與他們碰面聊天時，怎樣都離不開爸媽經，每天配合孩子作息，擔心孩子的身體，多了更多開銷多了更多責任，深感佩服。

　　如果我現在有孩子，相信自己會比現在更有耐性，因為每天被

磨練，但如果耐性都用在孩子身上，可能對伴侶會更沒耐性，大概像妳對阿爸那樣，哈哈哈哈。如果現在我有孩子，希望也有兩個可以作伴，感情跟我和妹妹一樣好，也有他們之間的小祕密。我也希望，我跟我的小孩從小就跟朋友一樣；大了之後，能像我們家一樣，擁有很多愛。

　　剛好交換日記滿一個月，在此謝謝美魔女陪我，最重要的是妳和阿爸都要健康平安，我也會繼續照顧自己和妹妹。

　　最後最後我想說，謝謝妳是我娘。

愛妳的涂寶
2019.11.11 00:26

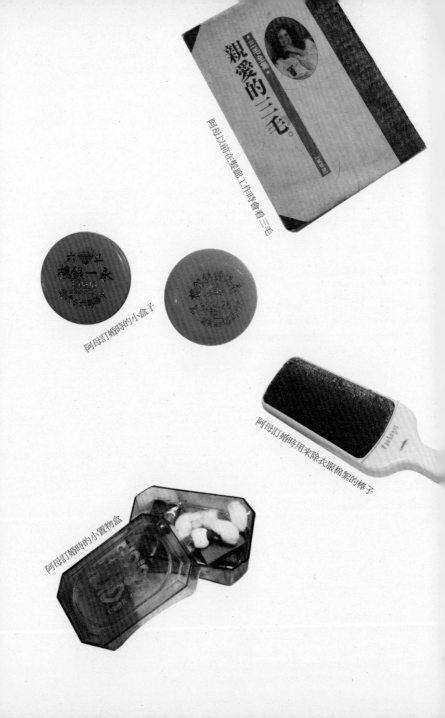

親愛的三毛。

阿母以前在髮廊工作時會看三毛

阿母訂婚時的小盒子

阿母訂婚時用來除衣服棉絮的棒子

阿母訂婚時的小置物盒

示見 23

我娘

作　者　又　仁
總編輯　陳夏民
編　輯　達　瑞
設　計　萬亞雰

出　版　逗點文創結社
　　　　地址｜桃園市 330 中央街 11 巷 4-1 號
　　　　網站｜www.commabooks.com.tw
　　　　電話｜03-335-9366
　　　　傳真｜03-335-9303

總經銷　知己圖書股份有限公司
地　址　台北公司｜台北市 106 大安區辛亥路一段 30 號 9 樓
　　　　電話｜02-2367-2044
　　　　傳真｜02-2299-1658
　　　　台中公司｜台中市 407 工業區 30 路 1 號
　　　　電話｜04-2359-5819
　　　　傳真｜04-2359-5493

印　刷　通南彩色印刷有限公司
I S B N　978-986-98170-6-6
定　價　300 元
初版一刷　2020 年 8 月

版權所有・翻印必究 Printed in Taiwan

國家圖書館出版品預行編目 (CIP) 資料
我娘／又仁著. -- 初版. -- 桃園市：逗點文創結社，2020.08　176 面；12.8 x 19 公分. --（示見；23）
ISBN 978-986-98170-6-6（平裝）　863.55　109003583